幼なじみ甘やかしロジック

間之あまの

幻冬舎ルチル文庫

CONTENTS ✦目次✦

幼なじみ甘やかしロジック

✦イラスト・花小蒔朔衣

✦カバーデザイン＝久保宏夏（omochi design）
✦ブックデザイン＝まるか工房

幼なじみ甘やかしロジック

【1】

「天気予報では雨っていってたのになあ……」

大学構内をいつものルートで目的地に向かって歩いていた南野一弥(みなみのいちや)は、ぼさぼさの長い前髪の隙間から眼鏡のレンズごしに空を見上げてほんの少し残念そうに呟(つぶや)く。

青い空にはところどころに雲が浮かんでいるけれど、いまのところ降りそうな気配はない。予報を信じて持ってきた黒い傘がなんともまぬけに見える。

(まあ、僕のことなんか誰も見てないからべつにいいけど)

新緑のきらめく五月、新入生たちも大学生活に慣れて余裕が出始めるころだ。すれ違う学部生たちの笑顔がまぶしい。

そんな彼らの脇を影のようにすり抜けて研究棟に向かう一弥は、天文物理学研究室に籍を置く大学院生だ。当年とって二十六歳、年齢イコール彼女いない歴だったりする。

とはいえ一弥はべつに彼女を欲しいと思っていない。むしろ一生結婚しなくてもかまわないと思っている。

恋愛は実践に向いているリア充たち——言葉の変遷の速さに従うとこれはもう死語なんだろうかと一瞬考え、代替用語を思いつかなかったから継続使用する——がすればいいことで、恋愛向きじゃない自分のようなのは研究に打ち込み、人類全体のために尽くせれば本望だ。決して負け惜しみなんかじゃない。

割り切っているというよりは、「分をわきまえている」と自負している。

誰もが自らの人生の主人公というフレーズはよく聞くし、人は主観でしか生きられないから実際にそうならざるをえないのだけれど、それでも主役タイプと脇役タイプに分類できると一弥は思っている。

一弥は完全なるその他大勢、脇役タイプだ。フィクションの世界だったら名前すら与えられない走り書きのキャラクター、顔もまともに出てこない友人A。いや、むしろ存在すらあやふやな友人Dあたりがしっくりくる。

誰の友人かは置いといて、一弥は見た目も友人Dにふさわしい。

目許を覆うぼさぼさの長い前髪に加え、愛用の大きな黒縁眼鏡が表情を完全に隠している。身長はごく普通だけれど、存在感のなさに比例するように痩せ気味だ。かといって人目を引くほどガリガリじゃないところが優秀なモブ体形といえよう。

ファッションもだぶっとしたチェックのネルシャツに形にこだわりのないパンツ、大きなリュックにスニーカーと、モテない理系男子の典型的なスタイルになっている。もちろんわざとじゃない。コスパと実用性を重視したことによる自然な帰結（きけつ）だ。

キング・オブ・キングならぬ、モブ・オブ・モブ。

でもそのことに不満はまったくない。

リアルでもフィクションでも主役というのは何かと大変だ。逆境やトラブルがその人を輝かせて活躍の場を与えるということは、主役になってしまったら逆境にぶつかり、トラブルに見舞われることになる。そんなのはごめんだ。

平穏に生きていきたい一弥は、目立たず、トラブルに愛されず、地味な脇役がいちばん、と心の底から思っている。

こんな一弥にも好きな人はいる。それも、物心がついたころからひそかに思い続けて一直線だったりする。

我ながらストーカーの素質がありそうでちょっと怖いけれど、こっそり好きでいるくらいは許してほしい。この恋心を成就（じょうじゅ）させたいなんてこれっぽっちも思っていないし、彼が結婚するときには友人代表のスピーチをする覚悟だってある。

――そう、一弥が好きな人は同性なのだ。しかも主役タイプの明るく爽やかな人気者。

友人D担当としては、彼の幼なじみ兼友達というポジションに生まれ落ちただけでも破格の幸運だと思っている。

（壮（そう）ちゃん、今日は何時ごろ来るのかな）

会う約束はしてたけど時間決めてなかったな……と想い人の姿を脳裏に描いたら、なんと本人からスマートフォンにメッセージが届いた。

『今夜、七時ごろには行けそう。何か食べたいものある？』

タイムリーさに唇をほころばせて返事を送る。

『デザート、卵、野菜』

いま食べたいものと、最近足りていなかったものだ。

クッション言葉など一切ない、必要最小限の単語の羅列に、ＯＫ、と人気コミックのキャラクターによる愛想のいいスタンプが返ってくる。

出版社の営業をしている彼はこの作品がお気に入りでよくスタンプを使うのだけれど、メインキャラクターの一人が彼に似ていて、本人もそれをわかったうえで送ってくるからシンクロ率が楽しい。使わないけれど一弥もこっそりこのキャラだけは購入している。

浮き立った気分でスマホを仕舞って、通い慣れた研究室のドアを開けた。直後、耳慣れない単語の合唱が飛び出してくる。

「合コン……⁉」

応接テーブルを乗り越えんばかりに身を乗り出しているのは二人の眼鏡たち——北島と東原、勢いに圧されたように上体を後ろに引いている眼鏡は西田、年はバラバラでも全員研究室のメンバーだ。

ここのメンバーの眼鏡率は百パーセントで、名字を合わせたら東西南北になるという奇跡的な巡り合わせのもとに集った研究オタク集団である。ちなみに全員この天文物理学研究室の主である千堂准教授に心酔していて、俗世を離れた天才ゆえに人に関心がない千堂先生に個体認識してもらうためにお気に入りの星や数式の缶バッジを各自用意して身に着けている。一弥のバッジは双子座のα星カストルだ。

一弥に気づいた愉快な眼鏡たちが手招いた。

「南野くん、聞こえた？」

丸眼鏡のフレームと同心円を描くくらい目を丸くして聞いてきたのは東原、人の好さそうな丸顔にぽっちゃり体形の彼はそのふくよかボディを自らの手料理でキープしていて、学会準備などでみんなが疲れたころを見計らって手作りの絶品スイーツや肉まんを差し入れてくれる。バッジは心ときめくシリウスがα星の大犬座。

「僕たちに縁のない単語なら聞いたと思うけど……」

研究室内で唯一の彼女持ち、西田が微笑む。ひょろりと背が高い彼は全員眼鏡という東西南北メンバーの中でいちばん垢抜けていて（重ねていうが研究室メンバー内比である）、一弥たちには手に取るのも恐れ多いハーフフレームの洒落た眼鏡をかけている。さすがは彼女持ち。バッジはロマンあふれる北斗七星を含む大熊座のζ星ミザール。

東西南北最後の眼鏡は北島、背が低いのを気にしている彼は少しでも高く見せるためにもこのアフロヘアをしていて、口調が古のオタク風……もとい特徴的だけれど、外を歩けば犬や猫や鳥や虫に寄ってこられる白雪姫系アフロ眼鏡だ。唯一彼だけが、バッジに数式――シンプルながら究極の質量とエネルギーの関係公式（E=mc²）を採用している。

「西田氏、合コンとは、まさかと思うがあの合同コンパというやつか？　男女が一堂に会して酒を酌み交わし、食事をし、条件が合致すれば共に抜け出したりも可能という……」

「そう、あの合コン」

「俺たちみたいな非リア充にいったいどうしてそんな恵みが……!?」

フフフ、と西田が眼鏡を押し上げた。

「彼女の友達が、理系の眼鏡男子に興味があるんだって」

「なんと……！」

西田の彼女のエミちゃんが「一対一じゃガチっぽくなっちゃうから、何人かで軽いノリでごはんでも行かない？」と提案してきたのだという。

こんな僥倖はきっと二度とない。同世代の女子とのコネがまったくない身にはとんでもないラッキーチャンス。しかし。

「それ、会ったらガッカリされる確率九十パーセント以上のやつだよね」

一弥の指摘に全員が沈鬱な表情でうつむいた。ぽっちゃり東原が追い打ちをかける。

「少女漫画に出てくるような、『女性に慣れてないだけでじつはハイスペックな理系の眼鏡男子』なんてほぼいないよね……。『女性と縁がないせいで近くにいるだけでキョドって変な言動を繰り返したあげく、専門じゃない人にはまったくおもしろくない話に熱弁をふるう眼鏡をかけた理系の男』なら山ほどいるけどね……」

こくこくと頷いている全員がしょせん「眼鏡をかけた理系の男」であって、「眼鏡男子」というワードがイメージさせるどこかキラキラした成分を一切持ち合わせていない。

どんよりと絶望の空気が流れかけたのを西田が止めた。

「いや、エミちゃんの友達だから！　俺とも会ったことあるし、そこまで夢みてないはずだから！」

「ガッカリされる確率何パー？」

「……五十、かな」

アフロ北島とぽっちゃり東原が顔を見合わせる。

「フィフティー・フィフティーとは我々にしてはかなり良好なパーセンテージ」

「でも、あくまでも西田くんの個人的予測だよ」

「根拠のないこの希望的観測を我々はどれだけ信じるべきか」

「じゃあ断っとく？」

西田がスマートフォンを取り出すなり、北島が奪い取って東原にパスした。

「言語道断。わずかでも可能性があるなら追い求めるのが研究者というもの」

「たとえガッカリされようがやってみるのが我々の生きざまだよ」

キリッと宣言するアフロ眼鏡とぽっちゃり眼鏡。やる気満々じゃないか。

「じゃあ全員参加でいい？　今日の七時からだけど」

「あ、ごめん、僕はパス。今日は友達と約束してるんだ」

一弥の申告に北島と東原がそれぞれの眼鏡の奥で目を剝いた。

「ええええっ、南野氏、何を言っているんだ！」

「そうだよ、もったいない！　俺たちと合コンしたいなんていうもの好きが集まる奇跡なんてきっともう二度とないよ！」

「なにより、我々の中で西田氏の次に女子受けがよさそうなのは南野氏だと思うが？　女性陣の選択肢を増やすためにも参加した方がいい！　南野氏は身長が普通で体形も普通という時点で非モテ連合の中でも一歩リードしている！」

「その前髪さえどうにかしたら西田くんみたいに『眼鏡男子』として認定されるかもしれないよ⁉」

北島と東原が交互に主張する横で、ちょっと困り顔の西田が「もう少し服装をなんとかしないと眼鏡男子の称号は難しいんじゃないかな……」ともごもごアドバイスをくれる。

みんなの気持ちはありがたいけれど、一弥の気持ちは一ナノメートルも揺らがない。そもそも興味がないし、なにより現実を見てほしい。

「合コンで会った女の子と僕がうまくいく確率と、友達との約束をドタキャンしたことで友情に微妙な影を落とす確率、どっちが高いと思う?」

問いの形をとってはいても、もさもさ眼鏡に対する答えは言わずもがなだった。粛々と不参加が受理される。

初合コンにそわそわしている北島と東原を横目に、一弥はいつもどおりに尊敬する准教授の手伝いをしたり論文の指導を受けたりしながらすごし、大学構内の図書館で調べ物をしてから帰路についた。

空はもう夕焼けと夜の境目、鮮やかなオレンジ色が頭上に向かって藍色と混じりあっている。グラデーションの中でかすかにきらめく星を覆い隠すように黒い雲が出てきた。

忘れずに持ち歩いていた傘は使われないままで終わりそうだけれど、空気の湿度が少し増した気がするし、夜半には降るかもしれない。

夜中の雨を思うと、少し胸が落ち着かなくなった。

(いや、降るとは限らないいし)

それに、降ったからといってこれから会う約束をしている幼なじみ——本郷壮平が泊まるとは限らない。

一歳年下の壮平とは、腐れ縁といってもいいくらい長い付き合いだ。実家が隣で家族ぐるみで仲がよく、物心がつく前からそばにいた。

一弥には六歳上の姉がいて、壮平には五歳上の兄と三歳下の弟がいる。男子四人に紅一点ながらも姉の初音（はつね）は子どもたちの中で年齢が一番上ということもあってボスとして君臨していて、面倒見がいい一方でたまに暴君になるボスのもと、年齢が近い一弥と壮平はいつもワンセットで行動していて双子のような子ども時代をすごしたのだ。

成長するにしたがって一弥と壮平は性格も見た目も大きくかけ離れてしまったけれど、不思議なことに二人の距離感は変わっていない。一弥はなんのおもしろみもない非リア充に成り果ててしまったのに、見るからに超リア充な壮平は態度を変えることなくずっとかまってくれるのだ。

学生の身分を続けている一弥と違って、大学を出たあとすんなり就職した壮平はもう社会人四年目だ。出版社の営業をしている彼は人気作家の新刊絡みで全国の協力書店を巻き込んだフェアのためにこのところ忙しく、一弥も学会でバタバタしていたから会うのは二週間ぶりになる。

ひさしぶりに会えるのがうれしくて無意識に足が速まった。二階建てのアパートが見えたところで、幼いころから馴染（なじ）みのある呼び方で呼び止められる。

「いっちゃん！」

心臓を跳ねさせて声の方に目を向けると、夕焼けを背にこっちに向かってくるスーツ姿の長身の男性が手を振る。買い物袋を抱えている姿も絵になる幼なじみだ。

自宅近くで会った彼に「こんばんは」「ひさしぶり」のどっちを言えばいいのか迷って口を開けたり閉じたりしている間に、壮平は大股ですぐそばまでやってきた。先に言われる。

「おかえり」

「た、ただいま……。まだ外だけど」

「すぐそこにうち見えてるし、誤差の範囲内でしょ」

「ええー……」

にっこりする壮平の誤差の範囲はおおらかすぎる。研究者気質の一弥が受け入れがたい気持ちを表情で表しても気にすることなく、アパートに向かいながら聞いてくる。

「どっちの部屋にする？」

「どっちでもいいよ」

「じゃあいっちゃんとこにしよ。隣が気にならないし」

「壮ちゃんの部屋だもんね」

実家が隣だった壮平は、いまは一弥の隣の部屋に住んでいる。

先に大学生になった一弥の部屋に頻繁に遊びに来ていた彼は何の変哲もないこのアパートを気に入り、大学進学を機に自分も一人暮らしを始めるにあたって隣人になったのだ。一階の角部屋が一弥、その隣が壮平。アパートでそれぞれ一人暮らしをしているのに、行き来が

頻繁すぎて二部屋を二人で一緒に使っている感じになっている。

ほとんど家族状態なのに、壮平に会えるといちいちうれしい。ドキドキする。長い前髪と眼鏡に表情を隠して、一弥はひさしぶりの幼なじみをこっそり眺めて堪能した。

壮平は格好いい。惚れた欲目を抜きにしても、間違いなく格好いい。

ずっとサッカー少年で、いまでも趣味でフットサルチームに参加している彼の肌は健康的に日焼けしていて、筋トレを続けている体はしっかりと鍛えられて引き締まっている。スタイル抜群の長身は何を着てもめちゃくちゃ似合ううえ、なんといっても顔がいい。

生まれつき明るめの髪には洒落たカットがよく似合っていて、凛々しい眉にくっきり二重の目が印象的で、鼻筋が通っていて形のいい唇は少し厚め。よく笑うせいか体が大きいわりに無邪気で可愛いイメージがあるけれど、真顔になると顔立ちの端整さと精悍さが際立つ。

いまの壮平はなにやらご機嫌で、鼻歌でも歌いだしそうな感じだ。

「何かいいことあった？」

「ん？　なんで？」

「なんか楽しそうだから」

「そ？　ひさしぶりにいっちゃんと会えたからかなー」

「……そういう思わせぶりな冗談、僕以外に言ったら駄目だよ？　壮ちゃんモテるんだから」

「知ってる」

にっこりしての返しは不遜なのに、ひどく魅力的だ。さすがだなと感心する。

一弥たちが入居しているアパートは少々古いぶん家賃のわりに広めで、玄関を入ってすぐにダイニングキッチンがあり、右手にトイレと洗面所兼脱衣所付きのバスルーム、突き当たりのドアを開けると寝室兼居間という１ＤＫの間取りになっている。

帰宅後の習慣で手洗いとうがいをすませ、タオルで口を拭いていたら買ってきたものを勝手知ったる様子で片付け終えた壮平がやってきた。

明るいところで改めて見た彼の顔に、ぎょっとした。

「ほっぺたどうしたの⁉　血が出てる……！」

「マジ？　平手打ちされたときに付け爪が当たったたなーとは思ったけど、流血沙汰までいってたかあ」

軽い口調でそんなことを言って、ワイシャツの袖をまくった壮平は手を洗い始める。全然気にしていないようだけれど、聞き流すにはだいぶ不穏な単語が入っていた。

「平手打ちって……、なんでまた？」

「俺がいっちゃんとの約束を優先したから？」

長い前髪と眼鏡の奥で目を丸くした一弥が無言になると、うがいまで終えた彼が一弥の手から勝手にタオルを取って手と口を拭う。そのまま血の筋がついた頬まで拭こうとするから慌てて腕を摑んだ。

「消毒……！」

「いいよ、これくらい」

「駄目だよ。壮ちゃんせっかく格好いい顔してるのに痕が残ったらどうすんの」

「いっちゃん、この顔が好きなの？」

一弥の目許を隠す長い前髪を指先で軽くすくって顔をのぞきこんだ壮平が聞いてくる。困惑しながらも頷いたら、「じゃあ仕方ないなあ」と彼が頬を差し出した。

「消毒してくれる？」

「う、うん」

洗面台の下からプラスチックの箱を取り出す。一人暮らしを始めるにあたって母親が持たせてくれた、必要最小限の救急セットが入ったメディカルボックスだ。

目視でチェックするとシャープなラインの頬は手のひらの形にうっすら赤くなっていて、斜めにぴっと赤い筋が走っている。でも表面をかすっただけのようで、血は完全に固まっていた。

「傷は浅い模様です」

報告に「そうだと思った」とあっさり返される。

「あんま痛くないし、唾つけとけば治るんじゃない？」

「治らないよ。唾液にはいろんな常在菌がいるし、治癒効果なんかないから」

「あはは、いっちゃんらしい答え」

真面目に答えたのに笑われてちょっとむきになる。

「ていうか壮ちゃんの舌、そんなとこまで伸びないでしょう」

「じゃあいっちゃんが舐めてよ」

ほら、といわんばかりに頬を差し出され、なんだかおかしな展開になったぞと一弥は眉を寄せる。

「いや、そもそも舐めても治らないって話だし……」

「まあいいじゃん。気持ちの問題？」

「プラシーボ効果のこと？　うーん、でも、事前に効果がないとわかっていたらそもそもの前提が違うし……」

「いっちゃんは相変わらず真面目だなあ」

笑われるけれど、一弥にしてみたらごくまっとうな受け答えをしたつもりだ。不真面目ならどんな返答をしていたのだろうか、と首をかしげつつ消毒薬を取り出す。

手当てしながら聞いたのは、自分のせいで彼がほんの一時間前に彼女にフラれてしまったという衝撃の事実だった。

「帰ろうとしてたら彼女……いや、もう元カノか、から連絡があってさ、俺の会社近くのカフェで待ってるって言うの。今夜はいっちゃんと約束してるけどどうせ通り道だし、五分くらいならと思って寄ってみたら、いきなり『今日何の日か覚えてる？』って聞かれて、正直に『わかんない』って答えたら『付き合って二カ月の記念日なのにひどい！』って怒られたんだよね」

そのあとで「いまからディナーに連れて行ってくれたら許してあげる」とハートマークつきでデートのお誘いを受けたのだけれど、壮平は「友達と約束してるから無理」と正直すぎる返事をして平手打ちからの「さようなら」になった。

消毒を終えた一弥は複雑な顔でため息をつく。

「付き合ったことがない僕が言うのもなんだけど、それって彼女さんを優先してあげるべき場面だったんじゃない？」

「でもいっちゃんとの約束が先だったし。髪切ってあげる予定だったじゃん」

「そうだけど……、僕の方はべつに急ぎじゃないし、そもそも隣だから会おうと思ったらいつでも会えるのに。彼女さんとの記念日を後回しにされたら申し訳ないよ」

「や、ちょっと待って。その前に付き合って二カ月の記念日ってなにって思わない？」

「え、月命日みたいな……？」

「いやいや、カップルのイベントにそんな重さいらないでしょ。そもそも俺は軽めの付き合いがいいからプロフにも書いてんだけどなあ」

プロフ、すなわちプロフィールに書いているなどと言う壮平は、ここ数年付き合う相手をマッチングアプリで選んでいる。

そんなもの使わなくても相手はいくらでもいそうなのに、と一弥は思うのだけれど、「元からの知り合いだと別れた後が面倒だから」とあえてのアプリだそうだ。なぜ別れるのが前提なのか。

ちなみにかつてはネットで相手を探すイコール「出会い系」といういかがわしいイメージがあったそうだけれど、壮平が使っているアプリは身分証明書とＳＮＳの登録が必須で身元がたしかなぶん、もっと気軽で健全だ。

昔の「お見合い」の超ライトバージョンみたいなもので、事前に出しておいた条件に合う相手をアプリが一覧にして紹介する。その中から会ってみたい人を選んで「いいね」を送り、相手からも「いいね」が返ってきたらメッセージのやりとりができるようになり、意向が合えば直接会い、その後は「ご自由に」という流れだ。

お見合いとの大きな違いは必ずしも結婚を前提としていない点で、「一緒にランチをする相手」や「趣味を楽しむ仲間」を求めているだけの人も多く、互いの条件が事前にマッチングされているぶん合コンよりははるかに効率的に希望の相手を見つけられるという合理的システムになっている。

使っていないのに一弥が詳しく知っているのは、アフロ眼鏡こと北島が勇んで利用しようとしたことがあるからだ。……誰ともマッチングされないという悲劇が起こりうるというのを教えてくれたのも彼だった。

動物に好かれるめちゃくちゃいい人なのに、と研究室の眼鏡たちはアフロ北島の悲劇に心を痛めたのだけれど、彼が出していた条件を知ったら「そんな女性は三次元にはいませんよね……」と運営サイドに同情した。

「ていうかね、なんかあの子すごい記念日好きな子だったみたいで、なんでもかんでも記念日って言ってたんだよ。そういうの可愛いって思えるタイプだったらよかったんだろうけど、ぶっちゃけ俺は無理だった。面倒くさくて」

うんざり顔の壮平はフラれてほっとしているようだけれど、彼の恋愛の仕方が一弥にはよくわからない。

幼なじみとして小さいころから知っているけれど、人なつこくて格好よくてスポーツ万能の壮平は幼稚園のころから人気者で、アプリを使うようになる前から彼女が長く途切れたことがない。その一方でいつも人に囲まれているせいか人への執着がなくて、その場その場で誰とでも仲よくなれる代わりに深入りはしないように見える。ずっとつながりがあるのは一弥だけじゃないだろうか。

「ていうかさ、約束を守るのって普通じゃないの？　なんでいきなりやってきて自分が優先されるのが当たり前って思えるんだろう」

「え……、うーん、恋人だから……？」

「恋人を最優先にしないとダメってこと？　でもそれって恋愛依存っぽいし、約束破る方がダメじゃない？」

首をかしげている壮平は嫌味を言っているわけじゃなく、本当に不思議そうにしている。

実際、考えてみたら彼の言うとおりだと一弥も思う。でも、恋をしている人たちにとって理論的な正しさは必ずしも正しくないのかもしれない。恋は病というし、ホルモン異常に伴って判断が狂いがちになるのはよく知られた現象だ。

そう思うと、壮平は次々彼女ができるけれど本当の意味での恋をしているわけじゃないのかなあ……と考えながら絆創膏を剝いていたら、五枚目を手にしたところで止められた。

「それ、全部俺の頬に貼る気？」

「うん。ガーゼとテープなんてないし」

「いやあ……、その数はわんぱくがすぎると思うなあ」

五枚並列で貼って完璧に傷をカバーしてあげるつもりだったのに、やんわりと断られてしまった。浅い傷なら風にさらしていた方が治りが早いという説得を受けて一弥はメディカルボックスを片付ける。

顔を上げたら、じっと見つめられていて心臓が跳ねた。

「な、なに？」

「いっちゃん、ちゃんと食べてる？　この前会ったときより痩せた気がするんだけど」

「あー……、最近ちょっと忙しかったから」

「学会って言ってたっけ」

「うん。千堂先生の手伝いと自分用のパネル発表の準備でバタバタしてたんだよね。無事に終わってほっとした」

「そっか、じゃあお祝いも兼ねて栄養つけてあげないとね」

「いつもお世話になります……」

まったく料理をしない一弥の健康を心配して頻繁に食事を作ってくれる壮平は、この部屋の住人よりよほど勝手をわかっている。自分で買ってきた食材でさっそく調理を始めた彼があまりにもてきぱきしていて現在何が行われているのかもよくわからない。おろおろと長身について回りながら一弥は伺いをたてた。

「て、手伝う……？」

「手伝いたい？」

「壮ちゃんだけに任せるのも悪いし……」

「べつにいいよ？　俺、料理好きだし、いっちゃんすごい喜んで食べてくれるから作り甲斐あるし。でも、いっちゃんがどうしても俺と一緒にキッチンに立ちたいって言うんなら、手伝ってもらおうかなあ」

「……ええと、どうしても手伝いたいって言わせたい感じ？」

「あ、ちょっと違うな。でもまあいいや。こっちおいで」

手招かれて寄っていくと、一弥の目許を覆い隠している長い前髪をくるりとまとめて彼がヘアクリップで留めた。

急に明るくなった視界に一弥は顔をしかめる。

「まぶしい……」

「吸血鬼みたいなこと言うねえ」

笑いながらも一弥の目の上に大きな手で陰を作ってくれる。おかげでしかめっつらが徐々にほどけてきた。

「前髪戻したい？」

「うん」

「でも俺、いっちゃんのおでこ好きなんだよねえ」

「……だからいつもうちでは出させるの？　クリップ常備だし」

「そ。俺にだけ見せててよ」

「まあ……壮ちゃんだからいいけど」

明るさに目が慣れたら、思っていた以上に近くで見つめている整った顔がクリアに見えて大きく心臓が跳ねた。

「あ、ありがと……っ、もう大丈夫」

とっさに一歩下がってしまいつつお礼を言うと、「ん」と微笑んで流しに向き直る。

玉ねぎをみじん切りにした壮平がボウルごとレンジにかけ、ひき肉を投入した。混ぜる担当を一弥が拝命する。

「玉ねぎ熱いから気をつけてね」

頷いて、ボウルの中身を真剣に一弥は混ぜ始める。子どもでもできるような単純作業だけ手伝っているうちに、鮮やかな手際で壮平はいくつもの料理を作り上げた。寝室兼居間の丸いテーブルに幼なじみが遊びに来たとき限定の豪華なディナーが並ぶ。

天津飯、五目野菜炒め、オイスターソース仕立てのホットサラダ、肉団子と春雨入りの具だくさんスープ。リクエストのうちの二品である、卵と野菜がたっぷりの中華風コースだ。

「ひさしぶりの手作りごはん……」

とろりとあんのかかった天津飯を口に入れた一弥がじんわりと染み入るような美味しさに感動していると、壮平が苦笑する。

「いっちゃん、全然自炊しないもんねえ。俺が来ないときってコンビニ弁当ばっかかなんじゃないの」

「プラス、カップ麺」

「駄目じゃん」

笑った彼が、気持ちのよい食べっぷりを見せながらさらりと言う。

「いっそのこと俺と住んだ方がよくない？　ぜんぶ面倒みてあげるし」

「なに言ってんの、壮ちゃんだって仕事忙しいのに」

「だからこそだよ。一緒に住んでたらメシ作ってやりやすいし、代わりにいっちゃんに洗濯とかお願いできるじゃん」

たしかに合理的な案に聞こえて一瞬心が揺れたけど、すぐに我に返って一弥は断った。

「やだよ。壮ちゃんに彼女ができるたんびに僕の居場所なくなりそうだし」

「部屋には連れてこないようにするから。ていうか俺、これまでも部屋に彼女連れてきたことないでしょ」

「そうだけど……。でも、部屋にも入れてくれない彼氏なんて彼女さんは嫌なんじゃない？」

「かもね」

あっさりした返事に困惑する。

「それでいいの……？」

「うん。そこまで深い付き合い求めてないから。どうしても彼女が欲しいって思って付き合ってるわけでもないし」

「うわあ、モテ男ならではの発言……！　うちの研究室のメンバー全員にドン引かれるよ」

「会わないから大丈夫」

しゃあしゃあとのたまう彼に顔をしかめると、くすりと笑って手を伸ばしてきた。

「ソースついてる」

「え、嘘」

「本当。さわるね」

「ん」

予告は一弥が不意打ちでさわられるのが苦手だと知っているからだ。じつは壮平だけは別枠なのだけれど、理由を聞かれても答えられないから黙っている。

きゅっと目を閉じて待っていたら、唇の端に温かい指が触れた。拭われたのを感じて目を開けると、壮平がごく自然にその指を舐めるのを目撃する。

「なっ、舐め……⁉」

「あー、ついうっかり。まあいいよね」

けろりとのたまった笑顔の邪気のなさに思わず頷く。でも、胸が落ち着かない。

こっちが冴えない同性だから誤解しないですんでいるようなものの、女の子だったら完全に誤解していたと思う。ナチュラルに思わせぶりだからモテるにしろ、なんと危険な。

「壮ちゃんはいつか刺されると思う」

「ええ、なに急に？」

「いまみたいなこと女の子にしてたら、彼女が欲しくないって言ってても信じてもらえないって。誤解はトラブルに発展する確率が高いから気をつけて」

「大丈夫、いまみたいなのっていっちゃんにしかしてないから。誤解されんのやだし」

即答されて言葉に詰まった。なら壮平に落ち度はない。……いや、ないのか？

「無自覚でやってる可能性は？」

「無自覚だったら自分じゃわかんないよね」

「ほら、やっぱりやってるんじゃん」

「えー、わかんないって言っただけでやってるとは言ってないよ？　結論ありきでものごとを考えるのが危険っていうのは学問の世界に限らず常識じゃないの？　いっちゃん、俺が息をするように女の子を誑しまくってるって思ってるでしょ」

「……思ってないよ」

「嘘だね。間があったもん。いいよ、そんなひどいこと言ういっちゃんには食後のデザートなしにしよう。今夜は中華の予定だったから杏仁豆腐買ってきてたけど～」

気になる単語にぴょんと目を上げると、にーっこり、壮平がいい笑顔で重ねてくる。

「いっちゃん好きだよねえ？　プリンとかゼリーとか、ぷるぷるしたものに目がないもんねえ」

そのとおりだ。しかも壮平が買ってきたのはデパ地下限定で売っている某ラグジュアリーホテル謹製の数量限定の品、ぷるぷる好き垂涎のレア杏仁豆腐。

「いっちゃんが食べてみたいって言ってたから、外回りのときにわざわざ寄って買ってきたんだけどなー」

食べてもらえなくて残念、と意地悪を言う壮平の機嫌を損ねた——そのわりに楽しそうではあるのだけれど——要因を考えて、一弥は自分の非を認めて詫(わ)びた。

「……ごめん。壮ちゃんに失礼だった」

「ん、素直。いっちゃんのそういうとこ好きよ」

ふふっと笑って許されたけど。

「壮ちゃんのそういうとこが疑義(ぎぎ)を生じさせるわけです……！」

「だからほかではしないって言ってんのに」

苦笑混じりに言われても一弥としては複雑な顔になってしまう。と、「まあ俺が外で女の子たちにどんな態度とってるかなんていっちゃんにはわかんないもんね。説明したところで証明のしようがないし、この話はここまで」と壮平が軽やかにおしまいにした。

どこまでも追究したくなってしまう一弥と違って、彼は本当に揉(も)めてしまう前におおらかな態度でものごとを丸く収めてしまう。おかげで雰囲気が悪くならずにすむからありがたい。杏仁豆腐も無事に食べさせてもらえることになったし。

あれこれおしゃべりをしながらひさしぶりにゆったりと美味しい食事を楽しんでいたら、ふと壮平が窓の方に目を向けた。つられて一弥も目をやったものの、カーテンが閉まっていて外は見えない。

でも、音でわかった。

「雨が降ってきたね」

とうとう天気予報が的中したのだ。かすかに聞こえていた雨音がだんだん強くなってゆく。

壮平がこっちを振り返った。

「泊まってってていい？」

「えー」

「えーとか言わないで。いいよね」

「押し切るんなら聞かなきゃいいのに」

笑って返しながらも、内心でドキドキする。雨が降ってくれてよかった、と思っているのは秘密だ。

絶品杏仁豆腐まで満喫したあと、髪を切ってもらった。

人にさわられるのが苦手な一弥は美容院も苦手で、実家にいたときは母親に、いまは壮平に切ってもらっている。素人のカットなんてお洒落な人からしてみたら恐ろしい暴挙だろうけど、見た目にまったくこだわりがない一弥にとっては安心して身を任せられる人に適当に短くしてもらえるだけで十分だからなんの問題もない。

母親以上に壮平は器用で、勉強熱心だった。美容師の友人にカットの仕方を習いに行ってくれ、「見込みがある」とスカウトされたほどの腕前に加え、鋏もわざわざプロ用を自ら用意してくれたというこだわりぶりだ。

バスルーム前にビニールのレジャーシートを敷いて、ケープを巻かれる。切った髪が服に付くとあとが面倒だから中は肌着とパンツのみだ。好きな人の前でさらす格好じゃないけど水着より肌の露出が少ないことを思えばごねる方がおかしいし、眼鏡をはずしたら周りがよく見えないおかげで羞恥もあまり感じないですむ。

雨に濡れた窓から見ているようなぼやけた視界を少しでもクリアにしようと目を細めていたら、一弥の前髪からクリップをはずした壮平が苦笑して眉間のしわを伸ばすように軽く撫でた。

「顔しかめないの。短くなりすぎちゃうかもよ？」

慌てて眉間を伸ばし、ぼんやり見えている壮平を見上げて頼む。

「切りすぎないでね？」

「わかってるよ。……この顔はみんなには見せたくないし」

「え」

低い呟きが聞き取れなかったのに「なんでもない」と笑って流した壮平は、まとめていたせいで束になっている一弥の前髪をくしゃくしゃと指先でやさしくほぐしてからスプレーで濡らした。コームで梳かしたら鼻先まで覆う厚ぼったい黒髪で視界がほとんどなくなってしまう。

「目、閉じててね」という指示に従うと、髪がカットされるシャクシャクと軽い音が響き始めた。

　髪を切ってもらうのには不思議な緊張感がある。こんなに近くで人から真剣に見られるなんて普段の一弥にはないことだし、壮平の呼吸まで感じられそうな気がしてドキドキしてしまう。

　しばらくして、「ん」と満足げな声がして顔や首周りの髪を払われた。

「終わったよ」

「ありがとう」

　目を開けると視界が明るかった。切りすぎたわけじゃなく、カットしても長い前髪を適当にセットして壮平が遊んだせいだ。毎回されていたら嫌でも慣れるし、眼鏡がなくてもなにやら笑っているのは白い歯でわかる。

「……そんなにおもしろい？」

　どんな風にしたんだろう、とさわろうとする手を捕まえて壮平が楽しそうに返す。

「おもしろくはしてないよ。綺麗にしたいっちゃんをひとり占めできるのって役得だなあって思ってるだけ」

「綺麗にって……」

　髪を切ったくらいで見た目は変わらないのにおかしなことを言うなあ、と思いながらもどのくらい切られたのか確認したくなる。でも、眼鏡を持ってきてくれるように頼む前に壮平はケープをはずして一弥をバスルームに追いやり、片付けを始めてしまった。

　このままお風呂に入れってことだな、と理解して肌着とパンツを脱いで体をお湯で流していたら、ガラリとバスルームのドアが開いて大きく心臓が跳ねた。

「いっちゃん、一緒に入ろう」

「ま、また……!?　狭いのに」

「ここのお風呂、一人暮らし用にしては広いじゃん」

「でも壮ちゃん大きいし、男二人だと狭いって……」

　言っている間にも壮平は勝手にバスルームに入ってくる。でも、まったく予想していなかったわけじゃない。

　しょっちゅう一緒にお風呂に入っていた子どものころからの感覚が消えないのか、もしくは長年運動部だったからこそのオープンさなのか、壮平は一弥のところに泊まるときは一緒にお風呂に入りたがるのだ。

　目が悪くて本当によかった……と彼が全裸で平然とバスルームに乱入してくるたびに一弥は思う。はっきり見えていたら挙動不審になるところだけど、見えないおかげでどうでもいい人と温泉にきたかのように平然と振る舞える。

　わざとため息をついて苦情を言った。

「一人ずつの方がゆっくり入れるのに」

「だって放っておけないし」

「何が……？」

「いっちゃん、いつも面倒くさがって石鹸一個で全部すませてるでしょう。髪荒れまくってたよ」

呆れ声で指摘した壮平が一弥の髪に指を絡めて軽く引く。痛くはないけれど、バレていたことに顔をしかめた。

「……石鹸の方が環境にやさしいし」

「そう言うから、俺、値段度外視して環境にやさしいシリーズでそろえてるんだよ？　せっかくいっちゃんのために置いてるんだから面倒がらずに使ってよ。いい香りでしょ、これ」

腕を伸ばした壮平がシャンプーを手のひらに取って、両手で泡だてる。柑橘系とハーブが混じりあった香りはすっきりと爽やかなのにほんのり甘く、たしかにとても心地いい。

でも、その泡だてたシャンプーをどうする気なのか……という問いを発する前に、「はい、目ぇ閉じてー」という指示がきて髪を洗われた。手際がよすぎて抵抗できない。

トリートメントまで施されたあと、顔を覆う濡れ髪を両手でかきあげた一弥のぼんやりした視界に映ったのはボディスポンジを手にした壮平だった。

「ちょ……っ、もう、自分でできるから……っ」

「いいじゃん、ついでだし。ていうかいまさらでしょ」

あっさり言った壮平は、逃げる隙も与えずに泡にまみれたスポンジで一弥を洗い始めてしまう。

（いまさらといえばいまさらだけど……っ）

それなのに抵抗したくなるのは、彼に洗われると体がおかしな反応をしてしまうせいだ。人にさわられるのに慣れていないせいか、予測のつかない動きでスポンジが肌の上を軽くこすってゆくとやけにぞくぞくしてしまう。時折くすぐったさにびくっとしてしまうのだけど、動かれると洗いにくいせいか壮平の大きな手で肩や腕、腰や脚をホールドされて、それにもドキドキしてしまう。

（ていうか壮ちゃんの洗い方、やらしい気がするんだけど……！）

やさしすぎて肌がざわめくというか、びくっとしたところを何度もスポンジでなぞられると変な声が漏れそうになって困る。もっと大根でも洗うかのようにガシガシ丸洗いしてもらった方が妙な気分にならなくてすむのに。

とはいえ壮平は一弥のように雑じゃない。本人には愛撫（あいぶ）のような洗い方をしている気はさらさらないのだろうし、ダイレクトに性器に触れられてもいないのだから、自分がくすぐったがりなのがいけないに違いない。

懸命に声を我慢して息が乱れないようにしていても、困ったことに男の体はわかりやすく興奮を示してしまう。見えなくても下腹部に熱が溜（た）まってきたら体感としてわかる。

ふ、ふ、と短い呼吸を繰り返しながらも「3.141592653……」と円周率を唱えてなんとか意識を散らそうとしていたのに、「はい、ちょっと立ってー」と背中から腕を回して引き上げられて、濡れた肌が密着する感触と自分より高い体温に心臓が大きく跳ねて、脚の間のものがごまかしようのない状態になってしまった。

慌ててしゃがみこもうとするのに、一弥の体に回した腕でそれを許さないまま壮平が肩越しに前をのぞきこんでくる。

「あ、ちょっと勃ってる。いっちゃん、またこの子放置してたんでしょ」

「ちょ……っ、んん……っ」

止める間もなく壮平は一弥の果実を手のひらですっぽり包みこんで、さらに育てるように泡まみれの手でにゅるにゅると扱く。気を抜いたら変な声が出そうで、一弥は必死で口を閉じて筋肉質な腕に爪を立てることしかできない。ささやかな抵抗などまったく気にせずに壮平は平然と続ける。

「溜めすぎるのよくないよ。面倒くさがらずにたまには出してあげなよ」

「そうちゃ……、やめ……っ」

「え、ここでやめる方がつらくない？　先っぽもう濡れてきたし。ほら、これ、ボディソープのぬるぬるじゃないでしょ」

先端の小さな割れ目を指先でなぞられて、びくんと体が大きく震える。そこからとろっとさらに溢れたのが自分でもわかって羞恥に全身が熱くなった。

「も……っ、は、離して……」

「なんで？　いっちゃんいつも恥ずかしがるけど、ただの生理現象じゃん。男だったらこうなったら出したいでしょ」

「で、でも……」

「自分でしたい？　だったら見とくけど」

こっちの意思を尊重してくれているのだとしても、見られている前で自慰をするなんてとんでもない羞恥プレイだ。真っ赤になってかぶりを振ると、耳元で低い声が甘く響いた。

「一人じゃ恥ずかしい？　俺も一緒なら平気？」

一緒にするのも恥ずかしいけれど、一人だけ勃たせているよりマシだ。こくりと頷くと、壮平は一弥を自分に向き直らせてぼやけた視界でにっこりする。

「じゃあ一緒にヌこうか」

引き締まった腰をまたいで座るように促されて従うと、思いがけずに自身に触れたものが熱をもっていて一弥は大きく目を瞬いた。下を見る勇気はないものの、たぶん壮平のも通常モードじゃない。

「えっと……、壮ちゃんも、溜まってた？」

「ないしょ」

くすりと笑って答えて、壮平は一弥の細い腰をぐっと抱き寄せる。泡にまみれた自身がぬるんと弾力のある熱に触れて体を震わせた矢先、ひとまとめにして握りこまれた。

「いっちゃんの手も貸して」

「う、うん……」

「先っぽの方、手のひらで包みこんで。で、指で気持ちいいとこ撫でて。うん、そう……」

指示を出している声に吐息が混じって、鼓動が速くなる。

壮平の声は低くても普段はスポーツマンらしい明るさがあるのに、吐息混じりの囁き声になると少しかすれ、ひどく甘くなって、体の奥をきゅんとさせるような色気を滴らせるのだ。

彼のものは半勃ち状態だったらしく、包みこんだ手が動くたびにその熱の硬さと大きさが増していった。そのうちごりごりと一弥のものを嬲るほどになる。

表情もきっと色っぽくなっているから見たいけど、そのためには自分の顔もさらさないといけない。好きな男にさわってもらって快楽を得ている自分の顔なんてどうなっているかわからないから絶対に見られたくないし、それ以前に一弥の顔なんか見たらきっと壮平は興が削がれてしまうだろう。

しっかりと厚みのある肩に熱くなった顔をつけて隠したら、ふ、と吐息で笑った壮平が無防備にさらされた首筋に顔を寄せて囁いた。

「いっちゃんの首、なんか噛みつきたくなるよねえ」

「な……っんで……っ」

「差し出されてるから？　こう……、脈打ってるのがエロくて、ここって急所なんだよなあって思ったら無防備さに興奮するっていうか」

熱っぽい呼気とかすかに触れる唇の感触に肌が粟立(あわだ)つ。

「そうちゃ……っ、そこで、しゃべんないで……っ。くすぐったい……っ」

訴えに、ふふっと壮平が笑う。

「いっちゃん、首弱いよねえ。本気では噛まないけど、口寂しいからちょっとだけ遊ばせてね」

やわらかく唇で触れられてぞくりとした直後、熱く濡れた舌を押しつけるようにしながら脈打つ皮膚に軽く歯を立てられて、ざあっと背筋に甘い痺(しび)れが渡った。首をすくめて逃げようにも甘噛みされると力が入らなくなって、変な声が漏れないように唇を噛みしめるだけで精いっぱいだ。

「ん……っ、んぅ……っ……」

「あ、唇噛んでない？　駄目だよ、傷になっちゃう」

肩に顔をつけているから彼からは見えないはずなのに、壮平は一弥のしていることを正確に察知して「噛むんだったらこっち」と自らの指を一弥の唇の間に押しつける。断ろうと口を開いたのに、逆に隙間から指を含まされてしまった。

「んん……っ、ふ、ぁふ……っ」

声は出したくないけど、壮平の指を噛むこともできない。長い指をなんとか舌で口の外に押しやろうとしたら、笑みを含んだ色っぽい声で彼が呟いた。

「いっちゃんの舐め方、えっちだよね」

「……っ！」

違う、舐めてないし、と訴えようにも、もう一本指を含まされ、舌を弄ぶようにされて反論できなくなってしまう。器用なせいか壮平は舌を指で愛撫するのも上手で、ぞくぞくして堪らない。

「んぅう……っ」

なんとか顔を上げてやめてくれるように目で訴えるけど、瞳が潤んでいるせいか視力のせいなのか、ものすごく近いのにぼやけた視界で見える彼は心なしか楽しげだ。

「指、抜いてほしい？」

「ん……っ」

「唇噛まないって約束できる？」

「……んぅ」

できるかどうかわからないから迷ったものの、このままだと口の端から唾液がこぼれて彼の肩を汚してしまう。そんな真似をするわけにもいかないから頷くと、壮平はやっと舌を弄るのをやめて指を抜いてくれた。

ほっとする一弥ににっこりして告げる。

「約束だよ？　やぶったら絶対いっちゃんが唇嚙めないような真似するから、気をつけて」

「う、うん……」

いったいどんな手段を考えているのかわからないけど、確認するのも怖い。不安げに眉根を寄せるとやさしい手で髪を撫でて、広い肩に顔を軽く押しつけられた。

「俺の肩なら嚙んでていいから」

「……壮ちゃんが痛いじゃん」

「痛くないよ、いっちゃん嚙まないし」

笑っての発言はそのとおりで、壮平に痛い思いをさせたくない一弥は彼の肩を嚙むことはなく、唇を押しつけたままいつも声を我慢している。

一緒にお風呂に入ると、毎回こういう展開になってしまう。

自分が勃たせなかったら壮平の手を煩(わずら)わせずにすむのだけれど、困ったことにいつも体の反応を一弥は制御しきれない。もしかしたら、毎回バスルームで壮平に抜いてもらっているせいで股間がパブロフの犬的に反応するようになってしまったという逆説的反応ということもありえるだろうか。

こんなところまで面倒をみてもらうのは本当に申し訳ない……というか、いくら友達とはいえ自慰の手伝いをしてもらうのは普通じゃない気がするのだけれど、「だって勃ったら出した方が早いじゃん」とけろりと言ってのける壮平がまったく気にしていないから固辞する方がおかしい感じになっている。

彼が気にしていないのに自分だけが意識しすぎるのもな……と思って受け入れているうちに、一緒にお風呂に入るときの恒例になってしまった。

これが普通かどうかはさておき、もともと性に淡泊な一弥にとってはそれなりに定期的に抜く助けにはなっている。本音を明かすと好きな人にさわってもらえるのもうれしい。

ただ、ひとつだけ大変なことがある。

「壮ちゃん、まだ……っ？」

「んー……、もう少し我慢できない？」

「できない……」

「できないんだ？」

耳元で笑う声が甘く響いて、ますます煽(あお)られる。もう出してしまいたいのに、壮平はまだ終わらないらしい。「じゃあ俺のだけさわって」なんて言う。

彼の熱を手で愛撫するのは全然嫌じゃないし、むしろすごくドキドキして自分まで興奮してしまうのだけれど、自分はもう限界なのに壮平はまだ余裕っぽいのを目の当(ま)たりにするとひとつの疑問が胸に浮かんだ。

「……僕、早すぎる？」

「んん、普通じゃない？」

「でも壮ちゃんの……」

「うん……、人は人、自分は自分でいいと思う。ていうかいっちゃん、俺のをさわるの上手になったよねえ。気ぃ抜いたら危ない感じ」

褒められてうれしくなったものの、矛盾に気づいて一弥は少し眉根を寄せた。まだ終わらないって言ってるのに、気を抜いたら危ないとはこれいかに。

「壮ちゃん、我慢してるってこと？」

「ん……、ないしょ」

ぺろりと唇を舐めての答えは吐息混じりで色っぽいけど、悪戯っぽくもある。つまり、一弥が恥を忍んで限界を訴えたのに彼は余裕があるふりをしていただけで、やせ我慢をしていたのだ。

「もう、早くイってよー」

人におあずけをくらわせておいてひどい、と訴えるのに、壮平は楽しげに嘯く。

「いっちゃんももう少し我慢できるようになった方がいいんじゃない？　訓練する？」

「いいよ、使う予定ないもん」

正直に答えるなり、手の中の熱が動いてびっくりした。

「な、なんかいま、ビクンってした……!?」

「ん……、ちょっとね」

壮平が苦笑しているけれど、そんなことよりも一弥の注意は手のひらで感じている質量に釘づけだ。サイズがさっきより大きくなっている。ということは本当に彼はまだ余裕だったのだ。

固まっている間に、一弥の張りつめた果実を壮平が根元からゆったりと扱きあげる。

「ていうかいっちゃん、この子使う予定ないの？　一生？」

「べ、べつにいいじゃん。興味ないし……っ」

感じやすい器官に与えられるゆるい愛撫に乱れがちな息の合間に返すと、「うん、いいよ。すごくいいと思う」なんて、吐息混じりの声で答えられる。

本気っぽく聞こえたけど、一生童貞でいるつもりという発言に「すごくいい」なんて普通本気で言わないだろう。ちょっとむっとして一弥はじっとりとした目を向ける。

「馬鹿にしてる……？」

「してるわけない」

思いがけないくらい真剣な即答が返ってきた。目を瞬いている間に、二人の熱をひとまとめにして握りこんだ壮平が仕上げの愛撫に入る。

感じやすい裏筋をこすりあわせて、大きな手で放出を促すように根元から扱きあげる。お風呂のお湯やボディソープのせいだけでなく、淫らに濡れた音がだんだんひどくなってゆく。

乱れた二人ぶんの呼吸と粘着質な水音、ときどき一弥の口から漏れてしまう喉声が、湯気のこもったバスルームに響いて鼓膜まで嬲られた。

抑えても喉を震わせる声が恥ずかしくて口をふさぐために逞(たくま)しい肩に顔を押しつけたら、ふ、と吐息で笑った壮平が首筋を甘噛みしてきた。ぶわっと全身が総毛だって、一弥は無意識に広い背中に腕を回してぎゅっとしがみついて訴える。

「そう、ちゃ……っ、も、僕……っ」

「イく?　いいよ、一緒にイけるよ」

甘い声で囁いて、最後のひと押しのように壮平は一弥の先端の窪(くぼ)みを指先でぐりっと抉(えぐ)る。

「ふぅ……っ、ぅ……っん、ん……っ」

びくびくと全身を震わせて放つ一弥の手のひらに壮平の熱も加わって、二人ぶんの白濁が混ざりあって指の間から溢れる。

大きく乱れた息が苦しくて顔をあげたら、一弥ほどじゃないものの同じく達したばかりで息を乱している壮平に額をくっつけられた。唇がものすごく近い。というか端はほとんど触れあっている。

あとほんの数ミリずれたら完全にキスできる距離に唇がうずうずするけど、求めてしまわないように一弥は目を閉じて酸素を取り込むことだけに集中する。キスまでほしがったらいけない。壮平にとってこれは自慰を面倒くさがる一弥の「処理」の手伝いで、彼は女の子が好きなんだから。

やっと息が整って、一弥は自分から頰を離した。

「……えっと、手伝ってくれてありがとう」

お礼を言うと、ふは、と壮平が破顔する。

「こちらこそ、ごちそうさまでした」

「んん？　その返しはおかしくない？」

「おかしくないよ、俺の気持ちとしては」

首をかしげてもさらっと答えて、壮平は洗面器でお湯をすくって二人ぶんの白濁で汚れた一弥の手を流してくれる。流すときにちょっと残念そうに見えたのは気のせいだろう。

壮平が髪や体を洗っている間に一弥は湯船に浸かって温まるよう命じられ、彼が入るのと入れ替わりであがる。

パジャマ代わりの古くて大きいサイズのTシャツとハーフパンツ姿の一弥がキッチンで麦茶を飲んでいたら、バスルームの引き戸が開いた。

「あちー」

まだ眼鏡をかけていないから彼の姿はぼやけているけど、湯上がりの壮平はクリアに見えたらいけないと思う。暑がりの彼は真冬以外パンイチなのだ。

輪郭がぼやけていても広い肩や逞しい胸、くっきり割れた腹筋、引き締まった腰だけを覆う布、長い脚があらわになっているのがわかる。ちゃんと見えたらドキドキしすぎて挙動不審になる危険性があるからあえて眼鏡をかけていないのだけれど、洗い髪を無造作に拭いている仕草すら絵になっていて感心する。よく見えないのに格好いいなんてすごい。

「壮ちゃんも飲む？」

「ん、さんきゅ」

新しいグラスを出そうとしたら、「それでいいよ」と一弥が飲んでいた麦茶をひょいと取り上げて飲み干してしまった。

「まだいる？」

「半分」

「じゃあ半分こね」

一杯ぶん注いで、壮平が半分飲んだあとに残りを自分で飲む。壮平とならグラスをひとつしか使わないでいいから合理的だ。

居間兼寝室のラグにあぐらで座った壮平が、キャビネットに置いてあったボトルを片手に手招いた。

「いっちゃん、おいで」

「……壮ちゃんってまめだよね」

「いっちゃんが雑すぎんの。せっかくいいもの持ってるのにもったいない。……まあ、変なのに目ぇつけられるくらいならこのままがいいけど、俺がいるときくらいは手入れさせて」

言いながら彼がボトルから手のひらに出したのはメンズ用の化粧水だ。普段はほったらかしにしている一弥の顔に丁寧なケアが施される。

顔の保湿が終わったら荒れ気味の唇のケアだ。あごを指先で捕らえた壮平に顔を上げさせられて、小型のケース入りの保湿クリームを指で塗られる。

普段はこんなに丁寧に人にさわられることがないだけにくすぐったくて照れくさいけれど、壮平にとってはズボラな幼なじみの世話をしてやっているだけという感覚なのはわかっているからなんとか平気な顔をキープする。

「口がぺたぺたする……」

「馴染むまで我慢して。相当がさがさになってたから」

やっと保湿ケアが終わってほっとしたら、今度はドライヤーとヘアケア用のオイルが取り出された。このグルーミングは毎回ワンセットだから一弥は素直に彼に頭を向ける。

髪を乾かしてくれる壮平の大きな手はやさしくて、とても気持ちがいい。

終わったら自分の髪とは思えないくらいにふんわりさらさら、しなやかな手触りになっていて、死滅しかけていたキューティクルたちの歓喜の歌が聞こえてくる気がした。

ここまで面倒をみてくれる壮平にお返ししたいのはやまやまなのだけれど、どうも一弥はドライヤーが下手らしく、これまでに壮平を「熱っ」という目に遭わせたり、嵐に巻き込まれたような頭にしてしまった実績がある。

だからこそ壮平はお礼を求めることなく、自分のことは自分でする。申し訳ない。

一弥にするのとは全然違う適当な手つきで髪を乾かしていた壮平が、「そういえば」と切り出した。

「そろそろ新作パジャマ欲しくない？」

「……それはつまり、着なくなったTシャツを持ってきたよってこと？」

「当たり」

にっこりして彼が自分のバッグを目線で示した。勝手に取って、という意味だ。

バッグのいちばん上に水色のTシャツがたたまれた状態で入っていた。広げて見なくてもわかる、壮平のお気に入りでよく着ていたものだ。

数えきれないほど洗濯されて色褪せ、くたくたになった生地は手にやわらかく馴染む。

いま着ているのもそうだけど、一弥のパジャマは壮平の「おさがり」だ。年齢的にはひとつ上だから「おあがり」と言うべきかもしれない。ちなみにこのおあがりパジャマ制度は中学生のころに始まった。

基本的に好き嫌いもこだわりもなくておおらかな壮平だけど、ごく稀に気に入ったものがあるとずっと大事にする。それこそ使えなくなっても捨てようとしない。

かつて成長期に入った壮平は、お気に入りのTシャツが体に合わなくなっても着ようとしていたくらいだ。見かねた一弥が止めると、少し考えてから「じゃあこれ、いっちゃんが着て」ともらい受けた。すでに一弥よりも大きくなっていた彼の服は余裕で入る……どころか襟ぐりの開き具合や肩の落ち方が明らかに体に合っていないゆるゆるっぷりで、どうしてもだらしなく見えてしまう。自然とパジャマになった。

以来、壮平はお気に入りのTシャツを着倒したら一弥のパジャマ用に持ってくるようになった。一弥の服の中で最もセンスがいいのがパジャマというのもおもしろいし、壮平からもらったシャツで寝るのはうれしいけれど、成長期が終わっている件については一言アドバイスすべきかもしれない。

「もう背が伸びるわけじゃないし、壮ちゃんのパジャマにしたら？」

「俺がパジャマ着ないの知ってるじゃん」

……たしかに。壮平は寝るときもこのままパンイチが通常スタイルだった。

じゃあ、とありがたく新作パジャマをいただいて、寝支度を整える。一弥はベッド、壮平はその下に敷いた彼用の布団にそれぞれもぐりこむ。

電気を消してからおやすみを言い交わして、目を閉じた。

静かになるとかすかに冷蔵庫のモーター音や時計の秒針、表通りを走る車の音などが聞こえる。雨音はしない。お風呂に入っている間にやんだらしい。

ほんの少しだけ残念な気持ちになって、そんな気持ちを吐き出すように息をついてから一弥は眠りの世界に入っていった。

大きく、何かが壊れるような激しい音が聞こえた気がして、はっと息を呑んで一弥は目を開ける。鼓動が激しい。

暗闇に一瞬カーテンごしの光が明滅して、数秒遅れて耳障りな雷鳴が轟く。

外は大雨だ。まさしくバケツをひっくり返したような、という表現がぴったりな激しい音に包まれている。

意味などないとわかっていても時刻を確認したくて寝返りをうったら、下で寝ていると思っていた壮平からそっと気遣うような低い声をかけられた。

「……いっちゃん、起きた？」

ドキリと心臓を跳ねさせながらも、「うん」と小声で答える。と、壮平がゆっくりと起き出した。ベッドにもたれるように座った肩幅の広い半裸の姿が、雷の光で陰影を濃くして一瞬だけクリアに現れる。

大きな影はかつての一弥には苦手なイメージを想起させるものだったけれど、壮平だとわかっているからいまは全然怖くない。それなのに、幼なじみは心配そうに少し首をかしげて子どものような伺いをたててくる。

「一緒に寝ていい……？」

「……いいよ」

折悪(おりあ)しく雷鳴が轟いたけれども、彼には一弥が断らないとわかっているはずだから聞こえなくても大丈夫。

驚かせないようにという配慮なのか、ゆったりした動きで壮平がベッドに乗り上がった。ぎしりとスプリングがきしむ。

「もうちょっと詰めて」

「ん」

壁際に寄ると、一弥のぬくもりを宿した布団の中に壮平が入りこんでくる。シングルベッドだから男二人だとかなり狭い。

「だっこしていい？」

予想どおりの問いかけにこくりと頷いて、もぞもぞとベッドの中で反転して彼に背中を向ける。と、おなかに腕を回して引き寄せられ、脚に長い脚を絡められて、ぴったりと背中側に長身と体温が重なった。

ふう、と壮平が背後で吐息をついて、髪をそよがせる呼気に一弥はふるりと小さく身を震わせる。些細(ささい)な震えも見逃さなかった幼なじみが気遣う囁きをくれた。

「大丈夫……？　怖い？」

「大丈夫だよ、壮ちゃんだもん」

本心から答えたものの、するりと大きな手が一弥の平らな胸を薄い布地の上から覆って心臓が跳ね上がる。

「でも、動悸がやばいよ？」

「それは……、雷がひどいから」

「ほんと、すごいね。雨も。……眠れそう？」

背後から体に回った腕が少し強まって、よりぴったりと抱き寄せられる。一弥を気遣っているけれど、たぶん壮平の方が不安がっている。……おそらく無意識に。

安心させるようにおなかに回っている腕を軽くぽんぽんとたたいて、一弥は意識して穏やかな声で返した。

「眠れるよ。壮ちゃんがいるから。壮ちゃんこそ眠れる？」

「当たり前。いっちゃんがいるし」

さっきよりもっと抱きしめて、一弥とぴったり重なった壮平が頭上で吐息をつく。くっつけばくっついただけ、安心するみたいに。

実際、一弥もこうやって壮平にすっぽり抱かれていると安心する。

子どものころから馴染みのある自分より高い体温はいつも心地よくて、背中から響く鼓動も一弥を安心させてくれる。室内を一瞬だけ照らす稲光も、雷鳴も、土砂降りの雨音ももう気にならない。

改めて「おやすみ」を言い交わすこともなく、一弥は数時間前よりずっと穏やかで幸せな気持ちで再び目を閉じた。

雨の夜に壮平にハグされて眠るようになったきっかけは、一弥が小学校の三年生、壮平が二年生だったころに遡る。

その日、一弥は日直でいつもより帰りが遅かった。

担任の先生に日誌を提出して帰ろうとしたら、空はどんよりと重苦しく、空気もじめっとしていていまにも雨が降りそうだった。走れば降る前に帰れるかな、と思ったものの、一弥は運動が苦手で走るのも好きじゃない。

仕方がないから念のために持ってきていた傘を手に取る。自分の傘なら「仕方ない」なんて言わないけれど、今日は違うのだ。

先日一弥の傘を姉に貸したら壊されてしまい——普通にさしていたら壊れるはずがないのにいったい何をやらかしたのか謎だ——、とりあえず姉の傘の予備を借りることになったのだけれど、これが赤地に水玉とリボンの柄でいかにも女の子っぽいのだ。

ちなみに姉の初音の趣味ではなく、母親の趣味である。

姉は幼なじみの男子軍団に紅一点とは思えない態度で君臨しているだけあって、たいへんワイルドな性格をしている。むしろ一弥の方がおとなしく、行儀がいいくらいだ。しかしながら姉の顔立ちは母親によく似ていて、黒髪のツインテールがよく似合うお人形さんのような美少女なのである。

姉は「眼鏡してるからわかりにくいだけで一弥の方がよっぽどお母さんに似てるよ」なんて言っているけど、一弥が鏡で見る自分の顔は眼鏡が目立つ以外はごく普通だし、眼鏡をはずしたらぼやけていて母親に似てるかどうかなんてわからない。

幼いころから理系な考え方をしていた一弥にとって、傘というのは「雨をよける」のが目的だから色も柄も特に気にしない。ただ、クラスメイトの多くは男女問わず「女子」と「男子」を分けたがって、身体的性別に「ふさわしくない」イメージのものを持っているとからかいの対象になりやすいのだ。

口の悪いクラスメイトに見つかったら面倒なことになるからこの傘はできればささずに帰りたい。走るまではしなくても少しでも帰宅時間の短縮を図るべく、一弥はたたんだままの傘を手に急ぎ足で家路をたどり始めた。

しかし天気の崩れ方の方が速く、みるみるうちに曇天がいっそう暗くなる。

ぽつり、と歩道に染みができたと思ったら、ぽつり、ぽつりとそれが増えてゆき、だんだん染み同士が合体して地面の色を変えていった。

自宅まであと約十分。忍者の真似をして雨粒をよけてもよけきれないし、この降り方だと帰り着くころにはずぶ濡れになってしまうだろう。

周りを見回して、人影がほとんどないのを確認してから一弥はラブリーな傘を開いた。ぽんと勢いよく開いた傘は曇天に鮮やかに赤く、花が咲いたように気持ちが明るくなる。

（赤い傘、男子がさしててもいいと思うけどな）

子ども心に性別による色分けに疑問を感じながら住宅街を歩いていたら、向かいから傘もささずにパーカーのフードを深くかぶった猫背の男が歩いてくるのが見えた。音楽でも聞いているのかイヤフォンのコードが伸びていて、両手はポケットに突っこんでいる。陰気な雰囲気の男は落ち着きなく視線をあちこちに走らせていて、なんとなく怖い気がして目をそらそうとした矢先、ばちっと視線が合った。

とっさに顔をそむけたけれど、じろじろ見られている気配がする。子どもから見たら大人は字のとおりに「大きい人」で、その年齢や体の正確な大きさ、社会的ポジション――会社員であるとか、学生であるとか――は曖昧だ。ただ、なんとなくよくない雰囲気を漂わせているのはわかって、逃げるように足を速める。

無事にすれ違ってほっとしたのに、傘を叩く雨音に紛れて足音がした。

ちらりと背後を見ると、さっきのフードをかぶった男がいて言い知れぬ不安を覚える。

（な、なにあの人……⁉　気持ち悪い……！）

とにかく距離をとろうと足を速めても、相手は一弥よりずっと体が大きい大人の男だ。歩幅を変えるだけで簡単についてくることができる。

怖くてパニックになりそうな頭で一弥は自分が追いかけられている理由を考える。でも、全然わからない。わからないものは怖い。

とうとう一弥はダッシュした。走るのが苦手なんていっている場合じゃなかった。

でも、見越していたかのようにあっという間に追いつかれ、細い体をいきなり抱え上げられた。雨に濡れた傘が落ちた。

いつもより高い位置から見えたのは濡れたアスファルトの黒、鮮やかな赤い傘、散らばる銀色の雫。足が浮いている。歩いてないのに移動している。

あまりにも怖いと声なんか出ない、ということを一弥は知った。

助けて、誰か、と叫びたいのに、喉がふさがって呼吸すらままならない。見も知らない男に抱えられたままどこかへ連れて行かれる。

怖い。怖い。

やっと我に返って必死で暴れるのに、小学生の、それも肉付きの悪い非力な子どもの抵抗なんて大人の男からしてみたらあってなきがごときものだ。まったく意に介する様子もなく男は走りだし、赤い傘が遠ざかってゆくことにいっそう恐怖を煽られる。

一瞬後に体を放り出されて、ランドセルで背中をバウンドされた衝撃に咳きこんだ一弥の眼鏡がはずれた。慌てて眼鏡を探してもぼやけた視界では見つけられない。

生い茂る雑木と高い塀の陰、濡れた雑草の上に一弥は転がされていた。

家に帰る途中にある——けれども一本細い路地を入ったところにある、人通りがほとんどない小さな空き地だと気づく。壮平たちと遊んでいるときに見つけたけれど、黄色と黒のロープが引いてあるから入ったらいけない場所だと言われた。みんな来ない空き地。

恐ろしさに心臓が激しく鼓動するのを感じながらも立ち上がって逃げようとしたのに、大きな男がのしかかってきて邪魔された。怖い。重い。生臭い息がかかって気持ち悪さで吐きそうになる。

そむけようとした一弥の顔を無理やり正面に向けた男が、ぼやけた視界でにたりと笑うのが見えた。

「可愛い顔してるなあ……大アタリだ」

何が、と思っても怖くて声が出せない。大きく目を見開いて震えている一弥を逃がさないように脚に乗ったまま、男がカチャカチャと音をたててベルトをゆるめ始める。

（なに、何してるのこの人……っ⁉）

ジッパーを下ろす音がして、男が下半身を露出する。幸か不幸か眼鏡のない一弥の目にははっきりと見えないけれど、本来なら他人に見せないはずの体の一部を男は一弥の眼前にさらした。それが男の手の中で大きくなってゆく。

怖い。怖い。気持ち悪い。

いくら子どもとはいえ、これが普通の人がすることじゃないのはわかる。頭のおかしい変態に目をつけられてしまった恐怖に全身がガタガタと震える。逃げようにも脚の自由を奪われているし、背中のランドセルのせいでこれ以上距離もとれない。

どうして。どうしよう。誰か助けて。

恐ろしさに狭まった喉で細い息をなんとかして、半ばパニック状態ながらも一弥は助けを呼ばなくてはと思う。学校で習った「いかのおすし」だ。「お」は「大声で叫ぶ」。

大きく声を出すために息を吸ったら、男がさっきより大きく笑って何か言った。幸いにも耳の中で鳴っているような自分の鼓動がひどくて聞き取れなかったけれど、きっとろくでもない、下卑た言葉を。

息を荒らげながら膝でにじり寄ろうとする男にもっとひどいことをされることを予感して、一弥は渾身の大声をあげた。

「うわあああああっ！」

「あっ、くそ、このガキ黙れ！」

怒鳴り声がしたと思ったら口をふさがれそうになり、一弥は必死で顔をそむけて声をあげ続ける。汚いものをさわっていた手でさわられるなんて絶対に嫌だし、とにかく誰かに気づいてほしかった。細い手足を死ぬ気でバタつかせて全身で抵抗する。

「いっちゃん⁉」

驚愕(きょうがく)に溢れた声で、聞き慣れた呼び方で名を呼ばれた。天の声に縋(すが)るように一弥は幼なじみを呼ぶ。

「そうちゃん！」

壮平は一弥よりひとつ下の二年生だ。体だって一弥の方が大きい。

一弥が敵わない大人の男相手に勝てるわけがないのに、幼なじみはまったくためらいもせずに男に突っこんでいった。背中に乗り上げ、フードの上から小さなこぶしを振るう。一弥からしてみたら信じられないくらいの勇気だ。

「くそっ」

舌打ちした男がしがみついて攻撃してくる壮平を強引に腕で薙ぎ払った。肘をくらってしまったのか小さな体がふっとばされて、たわんだロープに引っかかる。

「そうちゃん！」

青くなって呼ぶ一弥の声に呼応するように、咳きこみながらも壮平はぎりっと顔を上げて男をにらんだ。見えなくても仕草でわかる、全然ひるんでいない。

それが気に入らなかったのか、男が怒りの気配を滾らせた。ふと自分の手の甲に視線を落として、血が滲んでいるのを見つけるなり激高の口調で呟く。

「……っのガキ……ッ」

ゆらりと男が立ち上がった。やっと脚に乗っていた重石がなくなった一弥は、痺れてしまった脚を頼らずに腕だけでその場から少しでも移動しようと這う。

助けてくれた壮平を助けたいけれど、どうしたらいいのか。

何かないかとおぼつかない目で周りを見回した一弥は、はっとして肩からランドセルをおろした。震える手で力いっぱい防犯ブザーの紐を引く。

けたたましい音が鳴り響いた。

離れたところで大人たちの声がするなり、悪態をついた男は身を翻して駆けだした。逃げてゆくのがわかっていても、追いかけることなんてできなかった。全身が止めようもなく震えていて。

震えがやっと止まったのは、自分よりも小さな体に抱きしめられたときだった。

「いっちゃん」

一言だけ呼んで、壮平が顔をのぞきこんでくる。肩で息をしながら一弥は見返す。

ぼやけた視界でもはっきり見えるくらい近くにいる壮平はずぶ濡れで、でも無事で、くっきりした二重の瞳はしっかりと一弥を見つめてくる。

ほっとしたら、一気に涙が出てきた。

「そう、ちゃ……っ、う、あ、あぁあ……っ」

細い体にしがみついて泣きだすと、壮平もぎゅっと一弥を抱きしめ返して泣きだす。怖くないわけがなかったのだ。痛くないわけがなかったのだ。

ざあざあと雨がひどくなる。二人の泣き声をかき消すような雨音が耳につく。

防犯ブザーの音を聞きつけた近所の人が現れるまで、一弥と壮平はしっかりと互いを守るように抱きあって泣いていた。

大人たちに保護された一弥と壮平は家に送り届けられ、警察から詳細を聞かれた。ショックでほとんど話せない一弥の代わりに壮平が答えてくれて、道端に開いたまま落ちている初音の傘に見覚えがあった彼が疑問に思って周辺を捜してくれたおかげで自分が助かったのを一弥は知った。

もしあのとき傘を落としていなかったら。壮平が落ちている傘を不思議に思いながらも持ち主を捜そうとしなかったら。防犯ブザーの音でも犯人が逃げなかったら。

自分はどうなっていただろう。

考えるだに怖かった。

その夜に一弥は熱を出し、二日間寝込んだ。

三日目、熱は下がったものの一弥は学校に行けなかった。登校準備はしたのに、迎えにきた壮平と一緒に家から出ようとしたら足がすくんでしまったのだ。

「いっちゃん?」

ドアに手をかけたまま固まった一弥を壮平が戸惑った顔で見上げてくる。

大きく息を吸って、気を取り直して外に出ようとしたのに、見えない壁があるみたいに足を出せなかった。それでも無理して踏み出そうとすると、体が震え、冷や汗が噴き出してくる。胃が迫(せ)り上がってくる感じがして、とっさに口を押さえて青い顔で膝をついた。

「一弥!?」

丸くなった背中を姉の初音がさすってくれたのに、突然さわられたことに言いようのない恐怖を覚えて一弥は悲鳴をあげてその手を払った。助けを求めるように自分より小さい壮平に縋(すが)りつく。

「いっちゃん……」

ぎゅっと抱きしめ返した壮平が泣きそうな顔をした。小さな手で背中をさすってくれる。

「大丈夫だよ、初姉(はつねえ)だよ。怖くないよ」

「う、うん……」

大きく息をついて目を向けると、姉は怒っているような、泣きだしそうな顔できつく唇を噛んでいる。

「……ごめん、お姉ちゃん」

自分でもどうしてあんな反応をしてしまったのかわからないままに眉を下げて謝ると、初音は怒ったような顔でかぶりを振る。

「一弥は悪くない」

「でも……」

「悪いのはあの変態男でしょ。……あの野郎、あたしの可愛い一弥に変なトラウマ植えつけやがって……」

ぎりぎりと奥歯を噛みしめる姉は、普段の美少女っぷりが嘘のようなものすごい迫力だ。六歳上だけに、弟に迫っていた危機が本人以上に具体的に想像できてしまうからこその激高だった。

それからしばらくの間、一弥は学校を休んだ。

自分を襲ったあの変質者がまだその辺をうろついているかもしれないと思うだけで怖くて、外に出ようとするとおなかが痛くなってしまうのだ。

全力で抵抗したのにまったく歯が立たなかったこと。

何も悪いことなんかしてないのに目が合ったというだけで突然襲われたこと。

自分は男子なのに男の醜い欲望をぶつけられそうになったこと。

自分を守ろうとしてくれた幼なじみまで痛めつけられたこと。

幼い一弥にとって、世界はこれまで秩序に守られていた。叱られるときは悪いことをしたときで、おりこうにしていたら褒められて、困ったときは話し合えばよかった。

だけど、あの変質者は一弥が信じている世界を土足で踏みにじったのだ。

世界には理不尽な暴力がある。

世界は守られていない。一見安全なように見えるのに、ほんの少し何かがずれたら自分には抵抗できない暴力が襲いかかってくる。

身体的には一弥は無事だった。でも、幼くやわらかな心には本人が自覚する以上に深い傷をつけられていた。

一弥は外に出られなくなったばかりか、急に人にさわられるのが苦手になった。そして、自分より大きな人――特に男性――を怖いと感じるようになってしまった。父親さえも例外じゃない。ちゃんと明るいところで、「これはお父さんだ」とわかったうえで、「いまから頭を撫でるね」と予告してもらったら大丈夫だけれど、突然背後から抱き上げられたらパニックになってしまう。

体が大きくて力が強い存在は怖い。話が通じないのは怖い。

人間も動物だから、このふたつはごく普通の感覚だ。だけど一弥には、その恐怖が普通の人よりもずっと強く、深く刻み込まれてしまったのだ。

標準サイズの小学三年生の一弥にとって、同級生以下を除いたほとんどの男性は自分より大きい。世界が恐怖の対象に満ちてしまった。

家から出られない間学校を休ませてもらえたのはありがたかったけれど、体は元気なのに欠席するのはズル休みみたいで、幼いころから生真面目だった一弥は内心でひそかに自己嫌悪と不安を募(つの)らせた。

自分が弱いからいけないんじゃないか。おなかが痛いのをもっと我慢して学校に行った方がいいんじゃないか。みんなに心配をかけているのが申し訳ない。もしこのままずっと学校に行けなかったらどうしよう。

落ち込む一弥の支えになったのは、家族と幼なじみの壮平だった。

家族も壮平も「一弥は悪くない」と何度も言ってくれ、変質者への怒りをあらわにして「悪いのはあいつだ」と言いきった。言い聞かせるように繰り返されているうちに、自分が何か悪かったからあんな目に遭ったのだろうかという漠然とした気持ちは少しずつ、少しずつ打ち消されていった。

壮平は家から出られない一弥に毎日会いにきてくれた。

頬の腫れも引いた壮平は見慣れた元気な姿で一弥の部屋にやってきて、「いっちゃん、宿題教えて」「終わったらゲームしよう」「おやつ半分こしよう」といつもどおりの態度で接してくれて、それがうれしかった。

あの事件から数日たって、また雨が降った。

家の中にいても雨音が一弥を不安にさせる。ここにいたら安全だとわかっているのに、どこからかあのフードの男が現れるんじゃないかという強迫観念が湧き起こる。

そんなわけない、と頭ではちゃんとわかっている。だから顔色の悪さを心配してくれる両親にも姉にも「大丈夫」と答えて自室で寝ようとしたものの、夜の静けさが雨音をいっそう大きく響かせて、電気を煌々とつけていても部屋の隅から黒い不安がゆらゆらと立ちのぼり、雨音と共に部屋を埋め尽くしてゆくようだった。

眠れないままベッドの隅っこで枕をきつく抱いて不安と闘っていたら、遅い時間には珍しく、来客のチャイムが鳴った。しばらくして部屋のドアをノックした母親から声をかけられる。

「一弥、起きてる？」

「起きてるよ……？」

怪訝に思いながらも答えると、ドアが開いた。

「そうちゃん？」

目を瞬く一弥のところにパジャマ姿の壮平が駆け寄ってくる。ぎゅっと抱きつかれたのを無意識に受け止めて抱きしめ返したら、ほっと吐息をついたのがわかった。

一弥の母親の横で、壮平の母親が申し訳なさそうな顔をする。

「こんな時間にごめんね。壮平が、いっちゃんのことが心配で眠れないから一緒に寝たいって聞かなくて。ベッドの下でいいから寝かせてもらえるかしら」

思いがけない話だけれど、自分よりまだ小さくて、少し高い体温に安心感を覚えた一弥は喜んで頷く。隣家の三兄弟の中でも年が近い壮平と一弥はほかの誰よりも仲がよくて、これまでもたびたび泊まりにきていたからいまさらな頼みだ。

それに、一人で眠れなかったところに来てくれた壮平がもたらしてくれた安堵は大きかった。

「そうちゃん、いっしょに寝てくれる？」

抱きついている壮平の顔をのぞきこむと、眼鏡がなくてもクリアに見えるくらい近くで幼なじみが頷く。

寝相が悪くても転げ落ちたりしないように、ベッドの下に敷いた布団で一緒に眠った。壮平の体温と心音があると雨音が気にならなくて、ぐっすりと眠れる。壮平も同様らしく、二人でぴったりくっついて朝まで熟睡した。

翌朝、晴れた青空の太陽と同じくらい元気に復活している幼なじみの姿を見て、一弥は子どもながらに悟った。

壮平も、心に棘を残されてしまったのだ。

雨の日に幼なじみが危険な目に遭って、助けに入った自分も痛くて怖い思いをした。理不尽な暴力の恐怖が雨音と結びついてしまった。

だから一弥と同じくらい、雨が苦手になってしまったのだろう。

例の変質者は事件から八日後に警察に捕まった。

幸か不幸か近ごろはどこにでも防犯カメラがある。逃走方面のコンビニ等のカメラに残っていた画像から隣町の大学生が浮上し、壮平が男の手に傷を残していたのも手掛かりになった。男には痴漢や盗撮、ネット上での違法な猥褻データの売買など余罪があり、実刑がつくだろうとのことだった。

男が捕まったことでやっと家の外に出る恐怖が薄らぎ、また学校にも通えるようになったものの、一弥の中に根付いた不安感はなくなってくれなかった。

相変わらず自分より大きな人、特に男性が怖くて、いきなりさわられるとパニックになってしまう。見知らぬ相手と目を合わせただけで巻き込まれた恐怖体験のせいで、人と目を合わせられなくなった。

一弥はうつむきがちになり、さらに相手から目許をガードするように前髪を長く伸ばすようになった。眼鏡もフレームが太い方が顔が見えないから安心する。家族は「せっかくの顔立ちを台なしにする恐ろしいダサさ……！」と嘆いていたけど、それで一弥が安心して外に出られるなら、と理解を示してくれた。

地味に、おとなしく、目立たないように。

怖い人に目をつけられませんように。

自分にも自分の大事な人にも、何も悪いことが起こりませんように。

完全に守りに入った一弥の生活は落ち着いた。

しばらくたったある日、壮平が「いっちゃん、これやってみない？」と図書館で借りてきた本を差し出した。合気道の教本だった。

一弥を守ろうとしたのに男に敵わなかったことが壮平は心底悔しかったらしく、力が弱くても強くなれそうな武道がないかと兄や初音に相談して合気道の存在を知った。護身術を学んで恐怖対象を克服するという発想がなかった一弥は驚いたものの、理に適（かな）っている。

壮平の誘いに乗りたかったけれど、人にさわられるのが苦手になっていた一弥は合気道教室に通えない。だから両親と相談して、ネット動画やＤＶＤを通して学ぶことにした。独学のやり方に壮平も付き合ってくれ、相手役もしてくれた。自分より小さいというだけでなく、半身のような存在だからか壮平だけは怖くなかった。

合気道は物理学だ。支点・力点・作用点の関係で相手の攻撃をいなし、こちらからの攻撃を最大限にする。運動神経のいい壮平は勘ですぐ体得してしまうけれど、一弥は頭で理解して、繰り返し「形(かた)」を練習して体に叩きこむ。多くのスポーツは運動神経の差が覆(くつがえ)らないのに、合気道では練習を続けたら同じところまでいけた。そして、護身術を学んでいる、ということ自体が一弥の心の支えになった。

少しずつ、少しずつ一弥は自分の世界を立て直す。周りの力を借りて。時間の力をもらって。いつも姉や壮平と一緒に、決して一人にならないようにして学校に通い、やっと普通にすごせるようになった。幸い家族も友達もやさしかったから、ときどき意地悪な子に急に脅(おど)かされる以外は問題なく日常が送れた。

雨の夜だけは特別で、壮平が泊まりにくる。

最初のころは親に連れられてやってきていた壮平だけど、そのうちベランダを伝って勝手に来るようになった。一弥の部屋と壮平の部屋はちょうど向かい合わせになっているのだ。

雨の日以外でも、夕飯を食べて二階の部屋に上がると壮平がベッドに寝転がって漫画や本を読んでいるなんていうのはごく普通の日常だ。

壮平曰く、本郷家では兄や弟がノックもなしに勝手に部屋に入ってくるから一弥の部屋の方が落ち着くらしい。別荘扱いだ。

「僕もノックなんかしないけど？」

「いっちゃんの部屋だから当たり前じゃん」

漫画から目も上げずに壮平はけろりと言い放つ。確かにそのとおりだけど、矛盾しているのに彼は気づいてないんだろうか。

指摘してみたら、本人も初めて気づいたらしく首をかしげた。

「なんだろ、いっちゃんはいるのが当たり前だから気になんない」

まったくもって根拠にならないのに真顔で断言されたら、もう何も言えない。

ともあれ、壮平はほとんど毎日のように一弥のところにやってくる。雨が降っていたり、もしくは降りそうな空模様のときはそのまま泊まって、星が見える夜は「おやすみ〜」と自室にベランダから帰ってゆく。

壮平がいない方がベッドで広々と眠れるけど、彼が帰る日は一弥はちょっと寂しくなる。壮平も同じなのか、電気をつけてない部屋に戻ったあとは毎回電源を入れたゲーム機の蓋を一瞬開けてピカッと合図を送ってくるようになった。二人だけの秘密の合図にわくわくして、一弥も同じようにして返してから眠る。

晴れた日はもちろんのこと、雨の日も壮平がいてくれるから楽しい。例の事件直後は雨音は不安を煽るだけのものだったのに、いつしか気の合う幼なじみのお泊まりを意味するメロディになっていた。

そんな日々が続くうちに二人とも成長して、一弥が六年生、壮平が五年生になったときにはほとんど同じ身長になっていた。壮平は両親ともに背が高いから、標準サイズで着々と成長している一弥より成長速度が速いのかもしれない。

明らかに一弥の身長を追い越したころ、壮平が心配そうに聞いてきた。

「……いっちゃん、俺のこと怖い？」

雨音をBGMに寝支度を整えていた一弥は眼鏡の奥の目を丸くする。

「え、なんで？」

「俺、いっちゃんより大きくなっちゃったから……」

布団の上で正座して、しゅんと肩を落としている壮平は怖いどころか可愛い。大きくなったといってもまだ服の貸し借りができるくらいだ。一弥は笑ってかぶりを振る。

「大丈夫だよ、壮ちゃんだもん」

「ほんとに？」

「うん。ていうか、まだそんなに変わんないし」

「でも俺、きっともっと大きくなるよ？　たぶん兄ちゃんくらいにはなると思うってお母さんたちが言ってた」

壮平の兄は現在高校生で、あれは百八十センチ以上あるねと姉が目測していた。一弥から見てもすごく大きくて、近くにいるとなんとなく威圧感のようなものは感じる。本人はすごくフレンドリーなのに。

壮平があんなに大きくなったら少し怖いような気がしたものの、いま目の前にいるのは一弥のよく知る大好きな幼なじみだ。怖くないし、むしろ一緒にいたら安心する。

ひとつ下の学年にもかかわらず一弥のクラスの女子たちからも「格好いい」と言われているのに、一弥を見つめてくる目は捨てないでと訴える仔犬（こいぬ）のようで胸がきゅんとした。

「壮ちゃんならきっと大丈夫だよ」

「きっとじゃなくて、絶対がいい……」

「絶対」なんて簡単に言えることじゃないとわかっていても、真摯（しんし）な眼差（まなざ）しにほだされて一弥は請け合う。

「壮ちゃんなら、絶対大丈夫」

言葉ひとつなのに、壮平は本当にほっとしたように「よかったあ」とくしゃくしゃの笑顔になった。それだけで一弥もうれしくなってしまう。

それからは、一弥に許可をもらったかのように壮平の体はぐんぐん成長していった。

毎日伸びてるんじゃないかと思うくらいに目線が上がってゆき、肩が広くなり、手足が伸びてゆく。本人は成長痛がつらそうだったけど、あまりの成長ぶりはもはやおもしろいくらいだった。

大きくなった壮平は寝るときに一弥を背中からハグしたがるようになり——その方がぴったり抱けるから落ち着くらしい——、相変わらず雨の日は泊まっていた。

中学生になって間もなく、姉に「まだ一緒に寝てるの？」と呆れ顔をされた一弥はさすがにそろそろ雨の日の同衾（どうきん）をやめた方がいいだろうかと思い始めたけれど、かつて「俺のこと怖い？」と身長が伸びることを心配していた壮平が頭をよぎると傷つけそうで言い出せなかった。それに、本音を言うと雨の日に壮平にハグされて眠るのを楽しみにしていたりする。やめたいなんて思ってない。

なんとなく自分が壮平を好きなんじゃないかと気づいたけれど、あえて深く追及しなかった。追及しても仕方のないこと、むしろ仲よくし続けるためにははっきりさせない方がいい感情だ。恋情だろうと友情だろうと、壮平を人として好きなことだけわかっていたらいい。わざわざカテゴライズする必要性なんてない。

そうやってふんわりさせていたのに。

「いっちゃん、俺、彼女できた」

いつものように一弥の部屋で勝手にくつろいでいた壮平が、漫画雑誌を読みながらさらっと報告してきた内容に頬を平手打ちされたような気がして一弥は目を瞬く。

「……彼女」

疑問形じゃなくて、ただ確認するためのリピートに壮平は「うん」と律儀に返す。

「五年のときから同クラの子だったんだけど、今日告られてさ」

べつに嫌じゃないからOKした、と、壮平は「消しゴム貸してと言われて嫌じゃないから貸した」くらいのノリで言う。

聞こえているのに言っている内容がよく理解できなくて、頭がぐらぐらした。

これまでも壮平はよく告白されていた。それも当然というか、顔が格好よくて、明るくて正義感の強い性格で、足が速くて、勉強もそこそこできて、スポーツ万能な男子なんてモテるに決まっている。でも、わざわざ「彼女」なんてつくったことなかったのに。

「えっと……、初めてだよね、彼女とか」

「うん。なんか、付き合うってよくわかんないしちょっと面倒くさそうかなーって思ったんだけど、うちのクラスでももう彼女がいるやつとかいるし、試しに付き合ってみるのもいいかなって」

「その子のこと、好き……なの？」

「まだわかんない。でも、普通に可愛いよ？　うちのクラスでは人気」

そう言って壮平が名前を挙げた女の子は、学年が違う一弥でさえ知っているくらい有名な可愛い子だった。ストレートロングの黒髪で、小柄で、吹奏楽部でフルートをやっている。

姉の初音の美少女ぶりを見慣れているせいで一弥はその子に惹かれたことがないけれど、

ほとんどの男子が「あ、可愛い」と素直に思うタイプだ。壮平もきっとすぐに好きになってしまうだろう。

「そ、そっか。……えっと、こういうときっておめでとうって言ったらいい？」

「え、べつにいいよ」

初カノができたにもかかわらず壮平は特に感慨もないらしい。でも、一弥は違う。さっきからずっと胸が痛い。うまく息ができなくて、苦しくて、気を抜いたら泣いてしまいそうだ。

もしかしたらと思ってはいたけど、認めるのが怖くて気づかないふりをしていた。でも、幼なじみに彼女ができてこんなに胸が痛い理由に一弥は気づいてしまう。

（やっぱり僕、壮ちゃんのことが好きなんだ……）

男同士なのに。

好きになったって、気持ち悪がられるだけなのに。

（なんで壮ちゃんを好きになっちゃったんだろ……）

友達として好きなだけでいいのに、それ以上になってしまった理由が一弥にはわからない。でも、恋愛感情というのはきっとそういうものなのだろう。

壮平には可愛い彼女ができてしまった。恋愛感情を自覚するのと同時に失恋決定だ。

幼なじみは初カノの話はもう終わったとばかりにまた漫画に夢中になっている。その横顔は少年らしく端整だけれど、シャープさを増してきた頰のラインが大人っぽく見えた。

「……壮ちゃん」

ためらいながらも呼びかけると、気もそぞろな返事がくる。

「ん？」

「一緒に寝るの、もうやめよっか」

「なんで⁉」

がばっと壮平が顔を上げた。

「な、なんでって……、来年から壮ちゃんも中学生になるし、いつまでも一緒に寝る方がおかしいじゃん。彼女さんが聞いたらびっくりすると思うし……」

「え、彼女は関係なくない？　言わないし」

「そうだろうけど……」

「ていうか逆に、俺に彼女がいた方がいっちゃんが安心かなって思ったんだけど」

「へ」

きょとんとする一弥に壮平は真顔で言う。

「この前、俺が朝勃ちしちゃったときにいっちゃんビビってたじゃん」

「……っ」

男同士とはいえ、ひとつ年下の、まだ小学生の幼なじみの口からさらっと出てきた性的な単語に奥手な一弥は内心でうろたえる。でも、こっちは中学生だ。なんとか平気な顔をキープした。

「べつに、ビビってたわけじゃないよ。ちょっとびっくりしただけ」

「ふうん……？　でも俺のが朝勃ちしてんのに気づいた瞬間、体、がっちがちに緊張したのがわかったけど？」

「びっくりしただけだってば」

長い前髪と眼鏡のせいで壮平からはよく見えないのはわかっていても顔をしかめて言い返すと、彼がちょっと首をかしげた。

「前髪上げて顔見ていい？」

「……なんで」

「本当かどうか確認したいから」

「見たってわかんないでしょ」

「わかるんだなー、これが」

しぶしぶＯＫすると、壮平が一弥の長い前髪をのれんのようにかき上げて顔をさらさせる。

その手はもう一弥より大きい。

まぶしさに顔をしかめたら、くすりと笑った彼が改めて聞いてきた。

「俺のこと怖くない？」

「怖くないよ」

「いっちゃんと寝てるときに朝勃ちしても？」

「あれは……っ、生理現象だから仕方ないし」

照れくささにきょろりと目が動くと、視線の先へと壮平が顔を移動させた。目を合わせてくる彼に戸惑って眉をひそめるけれど、壮平は納得顔でにっこりする。

「うん、嘘ついてないね」

「……もしかして、僕が目を合わせるかどうかで判断してる？」

「ないしょ」

一弥の前髪を元に戻した壮平が肩をすくめるけれど、行動からして明らかだ。

「僕、今後は壮ちゃんに上手に嘘をつけるようになると思う」

「えー、やめてよ。いっちゃんに嘘つかれたらすげえ悲しい」

仔犬のような目でそんな風に言われたら、どうしても突っぱねることはできない。ため息をついて訂正した。

「……壮ちゃんに嘘なんかつかないよ。そんな必要もないし」

「よかったあ」

壮平はにこにこしているけれど、それこそいま一弥は嘘をついた。

嘘をつく必要はある。彼に恋心を知られるわけにはいかないから、きっと一弥はこれから小さな嘘をたくさんつく。

嘘だとバレないように、壮平の目をちゃんと見て。

同性の幼なじみを好きになるなんて我ながら面倒な恋をしちゃったなあ……と内心でため息をつきつつ、一弥は話を戻した。

「とにかく、これからは一緒に寝ないからね」

「えー、なんで⁉ 俺のこと怖くないいんでしょ？ 彼女もできたからいっちゃんのことあの変態みたいな目で見たりしないのもわかってるじゃん」

「そういうのじゃなくて、年齢的に！ いつまでも子どもみたいに一緒に寝てるなんておかしいし」

「べつにいいじゃん」

「よくないって。とにかく、もう雨が降っても一緒に寝ないから！」

反対する壮平を強引に押し切って話を終わらせる。いつもは押し負ける一弥にしては珍しい態度に何か思うところがあったのか、壮平は口をへの字にしながらも黙って受け入れた。

それから数日は雨が降ることもなく、これまでと変わりない日々が続いた。壮平はいつものようにベランダ伝いに遊びにきて、一弥の部屋でしばらくすごしてからまたベランダ伝いに自室に帰ってゆく。

七日目の夜、とうとう雨が降った。

一弥の拒否をちゃんと受け入れたらしい壮平は、その日は遊びにこなかった。室内の明かりを受けて一瞬銀色の糸に見える雨、濡れる夜のベランダ、壮平の部屋の窓をカーテンの隙間から眺めて、言い知れぬ寂しさに一弥はそっとため息をつく。

いつもよりやけに耳につく雨音を気にしなくていいようにヘッドフォンをして、音楽をかける。でも、流れてくる曲はぜんぶ壮平が教えてくれたものだ。しょっちゅう彼が口ずさんでいたから、ここにいないことがいっそう際立つ。

「……僕、どれだけ壮ちゃんでできてるの」

さっきよりも大きなため息をついて、一弥は早々に寝ることにする。

ベッドにもぐりこんでもなかなか眠気は訪れなかった。日付が変わるころまで延々と寝返りをうった一弥は、訪れない眠気を呼ぼうとベッドヘッドのライトだけつけて父親に借りた数学専門雑誌を開く。

難解にもほどがある文章に眉根を寄せていたら、ピカッと窓の方で明かりが明滅した気がした。――壮平の合図、かもしれない。

慌てて起き出して、ゲーム機の電源を入れてカーテンを開ける。雨の向こうの壮平の部屋は暗い。

気のせいだったのかな……と思いながらもゲーム機の蓋を開けてピカッと合図をすると、即座に向こうからもピカッが返ってきた。やっぱり壮平だ。

一弥が窓を開けるのと同時に、壮平も窓を開けた。

「どうしたの？」

雨音に負けないようにいつもより少し大きな声で、でも隣の部屋の姉には聞こえないように気をつけて一弥は問う。暗がりの中で、パジャマ代わりの肌着とハーフパンツ姿の壮平が頼りなげに少し首をかしげた。

「……なんか、眠れなくて。いっちゃんのとこに、行ってもいい……？」

一緒に寝るのをこの前終わりにしようと言ったばかりだ。でも、一弥より体は大きくなったのに断られるのを恐れるような声音で頼んでくる壮平にきゅんときて、とてもじゃないけど無下（むげ）にはできなかった。

ここで受け入れたらきっとずるずる続いてしまうのはわかっていた。それでも、一弥は頷いた。

「……いいよ。僕も眠れなかったし」

「よかったあ」

にっこりするなり壮平はひょいと雨のベランダを越えてくる。

「ちょ……っ、壮ちゃん、雨の日は下からこないと！　すべって落ちたらどうするの」

「大丈夫だった」

にはっと笑って体操選手の着地ポーズを決めた壮平は、風呂上がりに首にかけたままだったというタオルで手早く髪や肌にきらめく雫を拭う。

そうして、一弥はまた雨の夜に壮平に抱かれて眠るのを受け入れた。

一弥より体が大きくなったといってもまだ小学生だし、心も大人になったらそのうち壮平の方から「やめよう」と言うに違いない。

そう思っていたのに壮平からの申し出はなく、背中で感じる身長がどんどん伸びて、体の厚みがしっかりと増して、自分の体に回っている腕の力が強くなるのにゆっくりと慣らされていっただけだった。

大学進学を機に一人暮らしを始めたときには今度こそハグ寝も終わりかな、と少し寂しく思ったのに、予想外のことが起きた。しょっちゅう泊まりがけで壮平が遊びに来るようになったのだ。

特に天気予報で大雨の予報が出ていたら事前予約を入れてくる念の入れようで、一弥は壮平が立ち直っていないのだろうと心配し、彼の来訪を最優先にして受け入れた。

心の中は誰にも見えない。

かつて一弥が変質者に襲われたのは一弥のせいじゃないし、ましてや壮平のせいであるはずがない。一弥以上に小さかった彼が大人の男に敵わなかったのだって仕方のないことだ。

それでも壮平の幼い心は深く傷つけられ、彼のおかげで一弥が立ち直ったいまもなお雨の夜は痛むのだろう。だったら、一弥にできるのは壮平に望まれたらその腕に包まれて眠ることだけだ。

どれほどドキドキしようが、不毛な恋心を忘れることができなかろうが、そんなのは壮平の心の平穏の前には些細なこと。むしろ好きな人と同衾できるのが幸せで、自分を友達だと信じてくれている彼を裏切っているようで申し訳ないくらいだ。

大学生になった壮平が一人暮らしを始めたら、スープが冷めない距離の隣人になったことでお泊まりの回数がさらに増えた。寝るときのパンイチ習慣やバスルームでの「お世話」が始まったのもこのころだ。

壮平が社会人になったら出張や土日出勤などで学生のころより会える日が減ったものの、そのぶん会える日はずっと一緒にいる。こんなに一緒にいるのに全然飽きない。

いつかきっと終わる時間だからこそ、壮平も同じだったらいいなと一弥は思っている。


ふと目を開けたら、大好きな幼なじみの端整な顔が近くにあった。まだ夢をみているんだろうかとぼんやり見ていると、眼鏡なしでもちゃんと焦点を結ぶ距離で彼が微笑む。

「おはよ、いっちゃん。朝ごはんできてるよ」

「……おはよう。そうちゃん、いつからそこで僕のこと見てたの」

「ごはん作り終わったあと」

「んと、そうじゃなくて……時間単位で」

「計ってないからわかんないや」

さらさらと一弥の髪を撫でている壮平は、ベッドの端っこに上体だけを載せて片肘をついて顔を支えている。その格好で一弥の寝顔を眺めて目を覚ますまで待っていたのだ。わんこにもほどがある。

「起こしてくれていいんだよ？」

「キスで？」

「……っ、お姫様じゃないんだから」

「えー、気持ちよさそうに眠っているいっちゃんの寝顔、お姫様より魅力的だと思うよ。ずっと見ていたくなるもん」

「またそういうからかい方する……」

「いっちゃんはすぐ俺がからかってることにする」

少しすねたような顔で言われたところで、絶対にからかわれているから真に受けたりなんかしない。顔をしかめて見せてから一弥はベッドから起き出す。

時刻は十時、土曜とはいえ寝すごしてしまった。せっかく壮平がいるのに。

「壮ちゃん、今週末は暇なの？」

土日も出版社主催のイベントや作家のサイン会、トラブルがあると出勤になるうえ、友達付き合いでも何かと多忙な幼なじみに確認をとったら、彼らしい返事がきた。

「今日は『暇』だよ、明日はフットサルの試合があるけど。見にくる？」

「行かない。興味ないもん」

「えー、格好いい俺を見られるチャンスだよ？」

だからだよ、とは言わない。これ以上好きになっても困るし、そもそも絶対に居心地が悪い。リア充界には最初から近づかないに限る。

「壮ちゃんが格好いいのは知ってるし、わざわざ見に行く暇があったら『内職』しないと。このままだと壮ちゃんの誕生日プレゼントが安いのになるよ？」

「いいよ。いっちゃんからもらえるだけでうれしいし」

さすが営業職、さらりと人たらし発言をやってのける。いちいち跳ねる心臓は壮平のリップサービスにいい加減に慣れてほしい。

ちなみに一弥の「内職」は中高生向けの通信教育の添削だ。得意な理科と数学、英語を担当している。人づきあいが苦手でもバイトができる時代万歳だ。

「プレゼントに何が欲しい？」

「いっちゃん」

「……毎年そのネタやるよね。真面目に」

「真面目に答えてるのになー」なんて返されたところで、彼女と別れて一カ月もたたずに次の彼女をつくる男が何を言っているんだか。

再度リクエストを聞いたら、やっと建設的な返事がきた。

「服か本かな。一緒に見に行く？」

「本屋さんなら。服は無理」

壮平行きつけの服屋なんて絶対にアウェイ、足を踏み入れる前に結界ではじかれてしまう。

真顔で訴える一弥に苦笑して壮平が聞き返してきた。

「いっちゃんは何が欲しい？　今年も研究関係の本？」

「うん」

遠慮もせず頷くのは、一弥の誕生日は壮平の翌月だからだ。「欲しい本のリスト化しといて」

という注文に正直に申告する。

「壮ちゃんとこのじゃないのもあるけど……」

「いいよ。俺も出版社勤めになって初めて理解できたけど、どこの出版社の本だろうと、本を買ってくれる人がいるってだけでうれしいんだよね」

「出版不況って言われてる時代だから？」

「んー……、それもないわけじゃないけど、どっちかっていうとジャンル推しする気持ちに近いかも。サッカーで自分が所属しているチームが勝つのはもちろんうれしいんだけど、スター選手やワールドカップのおかげで興味をもってくれる人やファンが増えて、業界全体が盛り上がるのも同じくらいうれしいって感じ。ライバルではあっても、どこも敵じゃないんだよね。業界が盛り上がったら余裕ができて、売上にこだわりすぎずにいろんなことにチャレンジできるようになるし。余裕がないと手堅く売れる作品……たとえば人気のある大御所作家さんの作品や流行りのジャンルの作品ばかりになって、先細りになるばかりだし」

「先細り……？」

「売上優先じゃないとやっていけない状態だと、今後の業界を背負ってくれる新人さんを長い目で見て育てることができないし、文化的に価値があっても採算の合わない本が出せなくなるし、ニッチな需要に応えられなくなる。流行りのジャンルはたしかに売れるけど、みんなが出してたら飽きられるのも早い。飽きちゃったら人は遠ざかる」

「たしかに……」

「だからこそ売れる本はガンガン売れて業界を盛り上げて、新人さんを育てたりニッチな需要に応える作品を作るための資金を稼いでほしいし、身近にリアル書店さんがあることで子どものころから本の楽しみを知ってほしいと俺は思ってる。もちろんネット書店も電子書籍もそれぞれのよさがあるから必需だけど、業界全体のことを考えるとやっぱりリアル書店さんあってこそ、なんだよね。人って『見えないもの』は『ないもの』として無意識に扱うものだし、『なんとなく目に入ったもの』から得ている情報って自覚している以上に多いから、興味のあるなしに関係なく多様なジャンルのものが並んでいる状態って案外大事なんだよね。それに、いまは本以外にもいくらでも娯楽があるじゃん？　その中で選んでもらうためにも読書にまだ興味がない、自分から探しに行かない人たちにも『自然に目に入って、実際に手に取れるところに存在する』って大事だし……って、つい語っちゃった。まだまだ語れるけどこのままだと朝メシが昼メシになるから、続きは次号で」

照れたように笑った壮平が朝食を温め直しにキッチンに向かう。軽やかな口調ながらも彼が自分が関わる業界を大事に思っていて、大きな視点でものごとを見ているのを感じた一弥は、少しまぶしいものを見るような気分で幼なじみの背中に声をかけた。

「壮ちゃんの話、おもしろかった。次号も待ってるね」

「……ありがと。こういう話、面倒がらずに真面目に聞いてくれるいっちゃんが好きだよ」

肩ごしに微笑んだ壮平の眼差し、やわらかな声にぴょんと心臓が跳ねたものの、何か答える暇はなかった。「顔洗ってきて」と促されて慌てて洗面所に向かう。

身支度を終えて居間に戻ったら、ほかほかと湯気のたつ朝食がテーブルで待っていた。メインはどんぶり、副菜はマグカップ。

どんぶりの中身は肉団子と春雨入りの味噌仕立てのおじやで、ゆうべのスープをリメイクしたものだ。レンジで作ったマグ茶碗蒸しはぷるぷる系を愛する一弥の好物で、五目野菜炒めの残りが流用されている。残りものを全然違うご馳走に変身させる幼なじみの料理の腕に一弥は毎回感心してしまう。

「壮ちゃんすごいねえ」

「まあね。いっちゃんのぶんも俺ができるようになろうって決めて努力してきたからね」

「お世話になっております……」

「喜んでお世話させてもらっております。ほら、食べて食べて」

にっこりした壮平に茶碗蒸しを勧められて、さっそくスプーンを手に取った。ふるふるなめらかな茶碗蒸しはまさしく一弥の好みぴったりで、スプーンが止まらなくなる。

はふはふと食べていたら眼鏡がくもった。はずして拭いてかけなおし、食べているうちにまたくもってきたのをはずして拭いてかけなおす、というのを繰り返していたら、楽しげに眺めていた壮平が自分のスプーンを差し出した。

「食べさせてあげよっか」

「大丈夫。ていうか壮ちゃんは面倒見よすぎ」

「いっちゃん限定でね」

「はいはい」

いつもの冗談を平気なふりで流しても、やっぱり心臓が跳ねる。この頻度で甘言攻撃されていてどうして慣れないのか、一弥には不思議でならない。

食後は手分けして平日の間に溜(た)まっていた家事を片付けた。

掃除機をかけていたら洗濯担当の壮平が一弥がはずし忘れていた缶バッジを持ってきてくれた。しげしげとバッジを眺めて彼が呟く。

「いっちゃんのとこの先生が人の顔と名前を覚えられないから付けてるって言ってたけど、俺にはこっちのが難解だわ。何の星、これ」

「双子座のα星カストル」

答えるなり、眉を上げた彼がにやっとした。

「やだ、いっちゃんたら俺の星座じゃん」

「……っ、たまたま！　偶然！　そもそも星座は人間が地球から見た恒星の光を勝手につないで名前をつけただけで実際の距離は何万光年も離れているし、星自体の科学的組成も年齢も色も質量も輝度も違うし、星というのは個人が所有できるものじゃなく……っ」

「わかったわかった、たまたまでいいよ。いっちゃんが名札代わりに双子座使ってるの、なんかうれしいし」

焦ってオタクの熱弁をふるってしまったけれど、なんとかごまかせたようだ。壮平の口調がやたらと楽しげで、含みがありそうな気もしなくはないけど。

二人がかりで家事をやっつけたあとは壮平の部屋に移動した。「いっちゃんが気になるって言ってた映画、ＤＶＤになってたから買っといたよ。見る？」と誘われたら頷く以外の選択肢などない。

彼の部屋は左右反転しているだけで同じ間取りなのにもかかわらず、住人のセンスで一弥の部屋とは完全に別の物件に見える。本来なら気後れしかねないお洒落空間なのだけれど、頻繁に行き来していたらさすがに慣れる。

ソファの定位置に座ると、コーヒーのマグとチョコレートを挟んだクッキーの皿が出された。このクッキーは一弥の好物だ。

朝食後にもかかわらずいそいそと手を伸ばす一弥の隣に壮平がくる。

「だっこしていい？」

「ん」

だっことい ってもさすがに成人男子だし、膝に乗せられるわけじゃない。腰に回された腕で抱き寄せられ、大柄な彼の体にすっぽり包まれるポジションだ。テレビを見るときはずっとこうしてきたせいか、友達としてはおかしい密着具合だろうと一弥にはしっくりくる。

壮平がリモコンで操作して、映画が始まった。

情報を吸収するときの一弥は真剣だ。それがエンタメだろうと集中して見てしまうせいで会話がなくなってしまうのだけれど、壮平は気にしない。一弥を腕に抱いて、ときどきコーヒーを飲みながらのんびりと一緒に画面を眺めている。

「おもしろかった？」

「うん！　これ、続編が今度公開されるんだっけ？　このクオリティだったら見てみたいかも……」

「じゃあ一緒に行く？」

「うん……って、いいの？」

「やだったら誘わないけど？」

「でも壮ちゃん、すぐ新しい彼女できるし……」

「俺が先に約束してた方を優先するの、知ってるでしょ。本当に俺の予約しとかなくていいの？　続編、見たいんでしょ。いっちゃん一人だと一作目の二の舞になって、面倒くさがって映画館まで行かないと思うなあ。応援したいなら課金大事だよ？」

畳みかけられたら誘惑に勝てなかった。

「うう……、予約、お願いします！」

「承りました～。初日でいい？」

頷くと壮平がさっそくスマホのカレンダーに予定を入れる。

コーヒーを飲み終えて立ち上がったら、二時間近く同じ姿勢を続けていたせいで体がバキバキに凝っていた。大きく伸びをするとあちこちで関節が鳴る。

「ちょっとやっとく？」

ちらっと流し目をくれた壮平が無駄に格好よくて心臓が跳ねるけれど、いつもの流れだから一弥は平気な顔で頷く。

「まずは準備運動からね」

ソファやテーブルを端に寄せてスペースを作り、背中合わせに立つ。上に手を伸ばしたら

大きな手で手首を掴まれ、ぐいーっと引っぱり上げられて床から足が離れた。全身が伸びる。

「んぅー……っ」

「わ、いっちゃんてばやらしい声」

「馬っ鹿……！」

なじったところで壮平は広い背中に一弥を乗せたまま笑っているだけだ。重なった体温に振動が加わって、なんだかくすぐったい気分になる。

「もう下ろしていいよ」

ゆっくりと下ろされて、今度は一弥が壮平の手首を掴む。

自分よりずっと体が大きかろうが、体重が重かろうが、重心を意識したら意外と簡単に背負うことができる。よいしょ、と腰の下に腰を入れて背負い上げた。

「うぁー……」

「壮ちゃん、声がやらしいよ」

さっきの意趣返しでからかうと、背中で彼が低く笑った。

「……うそ、俺のエロい声、もっと色っぽいでしょ……？」

たっぷり吐息を含んだ低い囁きにぞくりとして、動揺のあまり足許がふらつきそうになる。

まったく、危ないにもほどがある。格好よすぎて取扱注意だ。

さらにいくつか柔軟をして、姿勢を正して向き合った。呼吸を整えて、狭い空間で可能な範囲の「形」を復習する。――合気道の、だ。

自転車の運転など一度体で覚えたことはなかなか忘れないというけれど、やはり刀と同じでこまめに磨いておいた方がいざというときにキレがいい。

実際に使うかどうかは別として、いざというときに使える「力」があるというのは不安を打ち消して心を強くしてくれる。壮平がきっかけをくれた合気道は、いまでも一弥の心を支えてくれるもののひとつだ。

軽く汗ばんできたところで終わりにして、時計を見ると三時すぎだった。壮平といると時間があっという間にすぎてしまう。特殊相対性理論だ。

柔軟と練習程度では運動に入らないのか、息ひとつ乱していない壮平が聞いてきた。

「おなかすかない？」

「すいたけど、すごい半端な時間……」

「おやつ食べに行こうよ」

「どこに？」

にこっと笑った壮平からの答えは、徒歩圏内にあるハンバーガーショップだった。ハワイ出身のフレンドリーな店長が気まぐれに生演奏を披露する、ボリューム満点の絶品バーガーが人気のお店。

「……おやつ？」

「おやつおやつ」

歌うように返した彼が上着を羽織り、スウェットをデニムに穿き替える。それだけでリラックスしていた部屋着が外出モードになった。

一弥もいったん部屋に戻り、壮平を見習って部屋着のTシャツの上からいつものチェックのシャツを羽織る。下はチノパンだからこのままでいいだろう。

路地裏にあるバーガーショップはこんな時間にもかかわらずほぼ満席で、ひとまず二人用のテラス席を確保した。

一弥のぶんと合わせて壮平がカウンターに注文に立つと、おもしろいくらいに女性たちが彼の姿を目で追う。

（格好いいもんねえ）

うんうん、と納得している一弥に嫉妬心などというものはない。同性で脇キャラの自分と彼がどうこうなれるなどとは一切思っていないからこそ、「さすがは壮ちゃん」と幼なじみのモテっぷりに感心するばかりだ。

壮平が戻ってきてしばらくしたら、片手に瓶コーラ二本、もう片方の手に木製のトレイを持ったスタッフが現れた。ワックスペーパーが敷かれたトレイには手のひらほどもありそうなビッグな出来たてバーガーがふたつ、残りの空間にケチャップとマスタードを添えたフライドポテトがわさっと盛りつけられている。

「……おやつ？」

「何かご不満でも？」

数十分前と同じ問いを発した一弥に片眉を上げて、すまし顔で壮平はバーガーにかぶりつく。「んま～」と満足げな彼に続いて、一弥もかぶりついた。おやつとしてはヘビーだけれど、こんがり焼かれた自家製バンズとビーフ百パーセントのパテ、卵、ベーコン、トマトベースのソースが見事に調和していて、文句なく美味しい。

「チーズ入りも食べてみる？」

壮平が食べかけのバーガーをこっちに向けた。一弥はこのお店の一番人気、スタンダードなバーガーを頼んだけれど、彼はチーズ入りにしたからこその味見だ。

「じゃあ、壮ちゃんも」

壮平の手からひとくちぶんもらい、自分も彼に食べさせる。

「まろやかさとコクが増してて、そっちもいいね。ちょっとヘビーだけど」

「そ？　これくらいガツンとしてた方が食べた感ない？」

「ある。けど、こってりしてると野菜がほしくなるね」

「どうぞ」

差し出されたのはポテトだ。

「野菜？」

「ポテトは野菜です」

キリッと返された言葉は間違っていないけれど、求めていた野菜とは違う。でもせっかくだから、と一弥は素直に壮平の手から食べた。持っている指の近くまで食べて顔を離すと、残りは彼がぽいと自分の口に入れる。

カリッと揚がったポテトをうまうまと咀嚼していた一弥は、はたと気づく。

(あれ？　すごい見られてる……？)

女性たちの視線を感じる。しかも、壮平への秋波というよりはこのテーブル全体に対して珍しいものを見ている目というか、好奇の目が多いような。

戸惑っていた一弥は、はっとした。

(うちにいる感覚で食べさせあったりしたせいかも……！　うう、壮ちゃんは注目されるタイプなのに失敗した……)

人目を引きたくない一弥はいますぐ壁と同化したいと真剣に願う。少しでも影が薄くなるように心を無にして食べていたら、壮平が怪訝そうな顔になった。

「いっちゃん、急に存在感消してない？」

「うん」

「どした？」

壮平には悪いけれど、あまり話しかけないでほしいところだ。主役に話しかけられた脇役はそこに存在していることになってしまうのだから。

小声での説明に彼がため息をついた。

「いっちゃんは脇役じゃないよ。俺には世界の中心っていってもいいくらいなんだけど」

「そういう冗談はいいから。僕は脇役がいいし」

「……脇役だって、視点を変えたら主役じゃん。その人の人生があって、喜びや悲しみ、幸せがあって。いっちゃんだってそうでしょ」

「そうだけど、メインになるのはめんどくさいんだよね。傍観者希望」

心からの返事に壮平がなんとも複雑そうな顔になる。

「外だといっちゃんがモブ化したがるから、食べ終わったらうちに帰ろう?」

提案にはかすかにため息が混じっている気がしたけれど、気のせいということにして頷いた。

研究室へと向かいながら軽く頭を振った一弥は、いつもと違う香りに大きくため息をつく。

（だからこのシャンプー、使うのいやなんだよー……）

この香りは壮平の香りだ。

壮平に「いっちゃんのためにそろえたのに」と言われたし、一弥の髪が荒れることで彼が「ケアしてやらねば」という気分になるのならば……と、土曜に続いて日曜も壮平おすすめのシリーズを使ってみたけれど、やはり石鹸一個ですませておくべきだったといまさらのように後悔している。

ふとした折に香ると壮平を思い出してそわそわするし、集中力が著しく落ちてしまう。目の前に本人がいるときより壮平を意識させられる気がする。

集中力が低下するのは天文物理学を専攻する者としてとても困る。母国語ではない英語の論文を読み、自らも書き、複雑かつ想像力を要する数式や論理の世界に没入しないといけないのに。

とはいえ、一弥のキューティクルに対する壮平の思いやりを無にするのも忍びない。(香りに慣れて気にならなくなるまで使えばいいのかなあ……。でもそれまでの日常生活への影響を思うとなあ……)

恋心ゆえの難しい命題に悩みながら研究室のドアを開けたら、対照的な表情を浮かべているぽっちゃり東原とアフロ北島、困り顔の西田が異様な空気を醸し出していた。

応接セットのソファに腰かけている東原はスマホを手にいまにも目尻からとろけだしていきそうな笑顔で、いつも以上にふくふくに丸く見える。一方北島は資料用の書籍が詰まったキャビネットと壁の隙間に入りたそうに部屋のすみっこでどんよりしていて、カリフラワーのようなアフロもしなびて見える。

戸惑いながらも挨拶を呟いて、とりあえず一弥はこの中でもっともニュートラルな西田の隣に荷物を下ろした。

「えーと、千堂先生は？」

「さっき教務課に行かれたよ。すぐ戻ると思う」

「そっか」と返したあとは微妙な沈黙が流れる。

この状況を放置すべきか、突っ込むべきか。悩んでいたら、意を決したように西田が口を開いた。

「この前の合コンなんだけど」

研究室内の二カ所で正反対の反応が起きた。ぽっと頬を染めでれでれするぽっちゃり眼鏡と、苦しげにうめくアフロ眼鏡。

よりにもよって西田は石を投げるだけ投げて口をつぐんでしまった。対照的な反応に恐れをなしたのかもしれないが、手を出して反応を得たからにはせめてどちらかひとつでいいから研究を進めてほしい。両方放置して思案にくれている場合じゃない。

やむをえず一弥は結果を引き継ぎ、よりポジティブな反応が出た方からいってみる。

「……えっと、東原くん、なんかすごくうれしそうだね？」

「え、そ、そう⁉」

血色のいい丸い頬をさらに赤くして、ぽぽぽんと花を飛ばすような表情を見せておきながら東原は丸眼鏡の奥の目をぴちぴちと泳がせる。

不自然な態度にこれ以上聞かない方がいいのかな、と思ったら、部屋のすみっこでしおれていたアフロ眼鏡がふっと悲しい笑みを浮かべて振り返った。

「……いいのだよ、東原氏。気を遣わないでくれたまえ」

「や、べつに……北島くんに気を遣っているわけじゃ……」

言いながらも東原の目は相変わらず遊泳中だ。

「いいんだいいんだ、どうせ我はアフロ地蔵なり……」

「そ、そんなことないよ！　北島くんは生きたアフロだよ！　あのときはちょっと緊張すぎてて何もしゃべれなかっただけだろ」

東原のフォローで先週の合コンがどんなものだったのか、なんとなく一弥は察する。

以下、東原の報告だ。

西田の彼女によって引き合わせてもらった女の子たちはみんな可愛くて、女子に免疫のない理系男子二人はテンパりまくってしまった。緊張しすぎた結果、東原と北島は正反対の状態に陥った。

ぽっちゃり東原は沈黙が怖くてやたらとおしゃべりになり、アフロ北島は何を言えばいいか考えているうちに次の話題に移っていくのについていけずに無言で固まってしまったのだ。

どちらも合コンで好まれる態度ではないけど、無言よりはおしゃべりな方が場が盛り上がる。しかも、東原はふくよかバディにふさわしく話し方が少しおっとりしている。ビジュアルも含めて世界的に人気のある某黄色いクマに似ているという話になり、「なんか可愛い」という評価をいただいたのだ。

しかも、解散間際に隣に座っていた女の子から「木星の話、おもしろかったです」と言われ、連絡先を交換してもらったというのだ。宇宙関係はギリシア神話に名前の由来をもっているものも多いから、木星（ジュピター）の四十八個以上ある衛星のうち、ガリレオ・ガリレイが発見した四つのガリレイ衛星にジュピターの愛人であるイオ、エウロパ、ガニメデ、カリストという名前がついていることにギリシア神話好きな彼女は感動したとのこと。土日の間もたびたび星とギリシア神話に関する話題で盛り上がり、さっきスマホにうっとりしていたのもアプリでのやりとりを見返して奇跡を噛みしめていたところだった。

一方でしゃべることはおろか身動きすらほとんどできず、目の前に「お供え」されたらぎこちなく料理をもくもくと食べていた北島は「アフロ地蔵」なるあだ名を頂戴しただけで初合コンを終えてしまった。

まさしく天国と地獄である。

「な、なんか、俺ばっかりごめんな……？」

ふくよかな体を若干縮める東原は、一弥と北島という非リア充仲間を裏切っているような気分になっているらしい。

一弥は笑ってかぶりを振る。

「謝ることじゃないよ。うまくいくといいね」

「うむ。西田氏に続いて東原氏がリア充になろうが、我々の関係は変わらない。おめでとう……いやむしろ、我々のような非リア充にも奇跡が起きることを教えてくれてありがとうと言わせてくれ」

「南野くん、北島くん……！」

感極まった東原に豊満なバディで抱きしめられそうになったのを反射的に避けた結果、北島だけが熱烈な抱擁を受ける。アフロ眼鏡だけが腕の中にいることに気づいた東原が丸眼鏡の奥で目をぱちぱちさせて、それから「あ」と思い出した顔で一弥に謝った。

「ごめん、南野くんって急にさわられるの駄目だったよね」

「う、うん。でも、こっちこそ思わず避けちゃってごめん」

「いや」「でも」と気の弱い眼鏡同士で困り顔になっていたら、ハグされたままのアフロ眼鏡が高らかに声をあげた。

「ご両人、気にすることはない。東原氏の感謝のハグは、南野氏のぶんもこのアフロ地蔵が受け止めてやる。さあ、存分にやるがいい」

「ア、アフロ地蔵様～！」

「むぎゅっ」

たっぷり贅沢バディに力強くハグされた北島が潰れたような声をあげたけれど、感激中の東原もアフロ地蔵を拝み中の一弥たちも気づかない。しっかと抱き合う眼鏡ズを拝む眼鏡ズという異様な光景が研究室内で繰り広げられた。

「……何をしている？」

心底戸惑っているような低い声が響いて目を向けると、ドアのところにこの研究室の主、千堂准教授が立っていた。

若くして世界的に権威のある学術誌に何度も論文が掲載されている天才天文物理学者である千堂は、その素晴らしい頭脳にふさわしく見目も俗世を離れた大変な美男であり、研究以外に興味がないためその美術品のような顔はめったに表情を表さない。にもかかわらず、いま現在は眉をひそめておかしなものを見るような目になっている。

尊敬してやまない准教授の眼差しで東西南北眼鏡たちはようやく我に返って、慌てて愛想笑いでごまかした。

他人のプライベートなどという些末事項に一切興味がない千堂先生は作業に入れば全集中の能力を使って外界をシャットアウトする。その状態に入ったのを確認した東原が、ちょっともじもじしながら「相談があるんだけど」と小声で切り出した。

「相談」

「……うん。あの、俺なんかがこういうこと言っていいのかわかんないんだけど、木星の子をさ、デートに誘いたいなって思ってて……」

「デエト……！」

「それはつまり逢引」

「いわゆるランデブー」

「ランデブーとは、別個の軌道をもつ宇宙船同士がドッキングするために宇宙空間で接近することでもある」

「ちょ、ドッキングとかまだ早いって！　落ち着け」

「落ち着くのはきみたちだと思う」

丸顔を真っ赤に染めた東原は盛り上がりすぎる眼鏡ズを諌めて、コホンと咳ばらいをしてから続けた。

「それで、デートにふさわしい服のアドバイスをしてもらえないかと思って……」

「それを我々に聞くのか？　このデート経験ゼロの我々に!?」

「人選ミスとしか言いようがないよ」

驚愕する北島と一弥に、東原は困り顔で手を合わせる。

「でも、ほかに頼める人なんていないし。俺、知り合いも友達もすごく少ないから」

「ああ……、それは我々も同じだからよくわかる」

「うん、よくわかる……」

大学の研究室と家の往復、せいぜいバイトや内職関係までが行動範囲の自他共に認める研究オタクな眼鏡集団、それが一弥たちである。学会のために県外に出ることはあっても、ついでに観光なんていうアクティブなこともしない。行動範囲と行動パターンが決まっていると会う人数は自然と限られ、そのうち頼みごとができる相手なんて……。

そう思うと、荷が重いからといって断るのはためらわれた。

（でも僕、ファッションに興味がないから役に立てるとは思えないんだよなあ）

一弥が服を買うときは「安さ」「着やすさ」「合わせやすさ」の三つの「やすさ」だけしか気にしない。そして、その三つを満たすのはごく普通のTシャツ、ネルシャツ、パンツで、いかにもファッションに興味のない大学生男子の一丁上がりだ。

一方アフロ地蔵様こと北島はアフロからもわかるように独自のファッションセンスの持ち主で、マイブームがくるとそればかり着る。ちなみに「それ」はアイテムを指すのではなく、色や柄を指す。つまり、ボーダーブームがくると上から下までボーダーでそろえて囚人アフロとなり、水玉ブームがきたら毒キノコ風アフロとなり、黒ブームがきたら喪服アフロとなるのだ。

そしてぽっちゃり東原はその豊満バディを包む衣類として食べ物Tシャツに並々ならぬこだわりをもっており、ワンポイントから総柄まであらゆる食べ物のTシャツを毎日着ている。ちなみに今日はにぎり寿司柄だ。暑がりな彼は本格的な冬以外は常に膝丈のパンツにビーサンで、インパクトのある柄のTシャツと相まって南国の海の家で焼きそばやかき氷を売っていてもおかしくない感じがする。

そんな三人から見ると、西田がいちばんお洒落だ。めちゃくちゃお洒落とはいかなくても、眼鏡が細身だったりチェック以外のシャツも着たりする。

ということで、西田に丸投げしようとしたら本人から申し訳なさそうに申告された。

「俺の服、ぜんぶ彼女が選んでくれてるから……」

「彼女自慢……！」

「違うって、俺のセンスじゃないってこと」

もともとの西田は一弥と似たり寄ったりだったらしい。

いっそのこと西田の彼女のエミちゃんの助けを借りるか、でも木星ちゃんはエミちゃんの友達だから筒抜けになりそうだし、おっとり無害なキャラクター風クマだと信じていたのにガツガツグリズリーだったなんてと思われたら怖がって避けられそう……などと意見は紛糾する。東西南北メンバーで頭を抱えつつもそれぞれの作業をしていたら、研究室のドアが明るい声と共に開いた。

「こんちはー、『アトリエ　麦』でーっす」

「米原くん‼」

声を合わせて呼ばれた青年が「はい？」と目を丸くする。

「これこそ天の恵みだよ」

「求めよ、さらばアドバイザーは与えられん」

「さすが、文系の学部の男子は洒落たバッグを肩にかけてますのう」

「いや、経済学部って文系と理系の間くらいじゃないっすか」

怪訝な顔をする米原くんを「まあまあ」となだめ、応接用のソファへとみんなで案内する。

「ささ、どうぞこちらへ」

「なんなんすか、いったい……」

戸惑った顔ながらも、とりあえず話を聞いてくれるつもりのようで米原くんが座る。

この大学の経済学部の学部生である米原くんは、ハード系パン専門店の『アトリエ　麦』というブーランジェリーでバイトをしていて、大学に来るついでにランチをデリバリーしている。『麦』のパンは非常に美味ゆえ一弥たちも頼みたいところだけれど、知ったときにはとっくに締め切られていて、恩恵に与っているのはこの研究室では部屋の主の准教授のみだ。

しかし一弥たちに不満はない。千堂先生が宇宙の真理を解き明かすために思考する貴重な時間をランチ移動のために費やすくらいなら、自分たちの研究時間が多少奪われてもいいからパシリにしてほしいと東西南北の全員が思っているからだ。それがデリバリーで届けられるのはありがたい。

そして、そのデリバリーを担当している米原くんは非常にリア充感あふれる大学生なのである。快活で物怖じしない性格、誰とでも仲よくなれる天性のコミュ力、バイトも勉強もしっかりしてなおかつ恋愛も充実しているっぽいオーラが全身から放たれているのだ。

見た目もベリーショートとそばかすが似合っていて――ちなみにそばかすが星空に見えるとかで准教授のお気に入りだ――、小柄ながらもすらりとしたスタイルも含めて外国の少年のようだ。もさもさ、アフロ、ぽっちゃり、ひょろひょろの眼鏡集団と違って、着ているものも自分に似合うものをよくわかっている感じで、何気ないのにとても洒落ている。

しかも、彼が魔法のようにある人のビジュアルを整えたのを一弥たちは知っている。

昨年の秋ごろ、尊敬する千堂先生が利き手を捻挫するという事件が起こり、その原因になったという米原くんが責任を感じて千堂先生と同居して面倒をみることになった。

研究以外に興味がない千堂先生はストイックさゆえに大変な美男にもかかわらずぼさぼさの長い髪にしわくちゃの衣類というのがデフォルトだったのに、米原くんの手によっていまや芸能人顔負けのキラキラ美男に仕上がっている。まさに米原マジック、いや、千堂先生は元がいいから米原エフェクトというべきか。

ともあれ、米原くんのセンスに研究室メンバーは絶大なる信頼を置いている。ここに彼が現れたのはまさに天の配剤だ。

東西南北メンバー全員で状況説明をして協力を申請してみたところ、ありがたいことに米原くんは「いいっすよ」とおもしろがって引き受けてくれた。

これで一件落着かと思いきや、東原が一弥に想定外の伺いをたてた。

「南野くんも一緒に行ってくれない？」

「な、なんで僕!?」

「心細いんだよ～！」

べつに僕じゃなくても……と思ったものの、考えてみれば買いに行くのはデート服だ。

天国と地獄の地獄をみた北島に同行を頼んだら傷口に塩をすりこむ惨(むご)い仕打ちになる。西田はその点は大丈夫だけれど、買い物に付き合ってもらうことによってエミちゃんとの時間を邪魔したら木星ちゃんを紹介してもらった恩を仇(あだ)で返すことになってしまう。

となれば残るは一弥、妥当だろう。

（まあ……、僕も東原くんの立場だったら仲間が欲しいと思うだろうし）

デート服であるからには米原くんはお洒落な店を選ぶに違いない。アウェイ空間に乗り込む不安を分かちあえる存在がほしいのはわかる。

納得した一弥は、学会で予定よりも大幅に余った質疑応答の時間に立ち向かうときのような覚悟でリア充界での買い物の付き添いを引き受けた。

二日後、水曜日の午後。講義が休みになって時間ができたという米原くんに連れられて、一弥と東原は普段は近寄らないようなエリアの大通りを歩いていた。

道行く人々のファッションセンスが大学構内――特に研究棟で見るタイプとは明らかに違う。店にたどり着く前から凄（すさ）まじい逆風に吹き飛ばされそうだ。

「なんか俺、胃が痛くなってきた……」

「うう、僕も……」

青い顔でおなかをさすっている二人に米原くんがからりと笑う。

「そんな緊張しなくても大丈夫ですって。あ、ここです」

顔を上げた先にあったのは午後の日差しを浴びてキラキラしているビル、ここの一階に入っているメンズファッション専門のセレクトショップが目的地とのことだけれど、通り側のウインドウから見えている範囲だけでも選ばれし者しか入れない別世界なのがわかる。お洒落なきらめき空間にきゅうっと胃が縮み上がった。

「こ、こんなとこに入るの……?」

「そうっすよ。ここ、ちょっと財布には痛いんですけどセンスいいのがそろうんですよねー」

あっさり言って、一弥たちに心の準備をさせる間もなく――時間をもらったからといっていつまでも準備はできないけど――米原くんはアウェイ空間へのドアを開ける。

ひいい、と内心で悲鳴をあげながらも置いて行かれないように東原と二人して後に続く。緊張のあまり歩き方が古いロボット状態になっていようがかまっていられない。早く最新型のロボットに進化したい……という願いもむなしく、米原くんと顔見知りのスタッフが声をかけてきて超美形ぶりに目が潰れそうになった。

「や、やばいよ東原くん、僕、どこも直視できない……!」

「お、俺もだ……! いま、猛烈に空気になりたい」

二人しておののいていると、米原くんが振り返った。この一種の異空間において見慣れた彼の姿はもはや命綱だ。いてくれるだけで心強いし、にはっと笑われたら安堵のあまり涙が出そうになった。

米原くんが紹介してくれた超美形はこのショップの店長で、キラキラ麗しいビジュアルに恐れをなしている一弥たちにもとてもやさしかった。

「わあ、初めてのデート服をうちで買ってもらえるなんて光栄だなあ」

うれしそうに笑う彼の瞳は不思議な色をしていて、カラコンかもしれないけれど日本人離れしたスタイルや淡い色の髪のせいですごく自然だ。

(お洒落……!)

(これぞファッショニスタ……!)

声に出さなくても、いま確実に一弥と東原は内心で通じ合った。

発光しているかのような美貌の店長に圧倒されていたら、テンパってしまった東原がとんでもない発言をぶちかました。

「あのっ、て、店長さんと同じものを一式買います! その格好なら彼女もきっと感動してくれると思うのでっ」

「え、ちょ、東原くん……!?」

たしかに店長はさすが店長というレベルで超絶ハイパーお洒落だけれど、一般人とはスタイルも顔も違う。東原が同じものを着たら似合わなさでおもしろいことになるのが目に見えている。

さすがの一弥にもわかって暴走を止めようとした矢先、別のスタッフがやんわりと割って入った。

「店長が着てるの、いいですよね~。俺も好きな組み合わせなんで真似したいんですけど、俺には合わないんですよ～」

「えっ、そんなに格好いいのに？」

「わ、ありがとーございます！　俺、あんま格好いいって言われないんでうれしいです」

にっこりした彼は、たしかに格好いいというよりやんちゃ可愛い系だ。とはいえやはり顔が整っていてめちゃくちゃお洒落で、アパレル業界おそるべしという気分になる。

あとから来たスタッフくんはパーソナルカラーなるものに詳しいらしく、肌や髪、目の色などで似合う色が違うというのを東原に説明して思い留まらせてくれた。

「さすがプロ……」

「そうそう。勝負服はプロに任せるのがいちばんっすよ」

米原くんが頷いて、店長たちに「改造よろしくお願いします」と東原を差し出す。

美形たちに連れ去られる東原がさながらキラキラ星人にアブダクションされた無辜の地球人の風情で一弥を振り返るけれど、ここから先は彼一人で耐えるべき試練だ。無事の帰還を祈って「頑張れ！」と内心でエールを送る。

東原の奮闘ぶりを店の隅っこでそっと見守っていたら、暇そうにしているのを気遣ったスタッフくんに声をかけられてしまった。

「そっちのおにーさんは？　何か着てみません？」

「とんでもない……っ」

ぶんぶんかぶりを振るのに、スタッフくんは小首をかしげて一弥をじろじろと眺め回す。

「つか、おにーさんの方が着せ替え甲斐がありそうなんだよね～。オーバーサイズの着てるからわかりにくいけど、何気にスタイルいいですよね」

自分こそスタイルがいい人に信じられないことを言われて、さっき以上に激しくぶんぶんとかぶりを振る。食事をおろそかにしがちなせいで痩せているだけだ。

頭の振りすぎでめまいを起こしかけて、やっと気づいた。

彼はショップスタッフなのだからここにある服を売るのが仕事だ。お世辞を真に受けてしまったことにじわっと顔が熱くなるけれど、長い前髪と眼鏡のおかげで隠れる。

「つ、付き添いなので、僕は買いませんので……っ」

「うん、買わなくていいけど着るだけ着てみません？　細身だからこのへん似合いそう」

「いいいえっ、けけ、けっこうです……っ」

意外と押しが強いスタッフくんを必死で拒(こば)んで、助けを求めて米原くんを探す。……彼は普通に買い物を楽しんでいた。本人用にしてはずいぶん大きなサイズのシャツを広げて熱心に吟味している。

絶望しかけたところで東原がフィッティングルームから出てきた。その姿に一弥は大きく目を見開く。

プロの腕はたしかだった。サイズの合ったTシャツにシックなベストで全体の印象を引き締め、丈が短めのパンツにはボーダーの見せ靴下と色を合わせた革靴で洒落た中にもキュートさを演出している。東原のこだわりである食べ物Tシャツもちゃんと取り入れられているのに、デザインとコーディネートのおかげで全然ダサくない。むしろポップでお洒落だ。

「東原くん、きみはもはや眼鏡男子だよ……！」

「やっぱり!? 俺もそんな気がしてた……！」

感動する一弥に東原も興奮した様子で返す。ちなみに東原愛用の丸眼鏡は「ロイド眼鏡ってレトロさが逆に新鮮なんですよ」とまさかのお洒落認定だった。

「髪もちょっと流すだけで全然印象違いますよ～」

人なつこいスタッフくんがヘアワックスでざっとセットしてあげたら、東原からむさくるしい小太り眼鏡の名残が完全になくなった。イケてるぽっちゃり眼鏡男子の爆誕だ。

勢いに乗った東原はほかにもいくつかコーディネートしてもらい、それらすべてを買い上げて一弥の眼鏡が衝撃で割れそうな額をカードで支払った。

あれだけの金額があれば海外の専門書を何冊取り寄せられるだろう……なんて思ってしまったものの、試着した一式を身に着けたまま帰れるようにタグを切ってもらった新生東原はやけにすっきりと、自信に満ち溢れた顔になっていた。

不思議に思っている一弥に、美貌の店長がウインクを寄越す。

「見た目を変えるのは中身を変える第一歩なんですよ。ブランドものが戦闘服っていわれるのは、いいものを身に着けることで表情にも態度にも自信が表れるからなんです。お客様もいかがですか」

「いえっ、僕はけっこうです……！」

即答で断ったけれど、気を抜いたらさらっと新しい服を売り込まれてしまいそうだ。どんなに素敵だろうがモテたい気持ちもお洒落への関心もない一弥にはハイセンスな服なんて無用の長物なのに、キラキラ美形に「これを着たら自信がもてる」と言われたらうっかり信じてしまいそうになる。おそろしや。

無事に買い物を終えてショップを出たら、「どこでデートしたらいいかわからない」と途方に暮れる東原のために米原くんがさらに一肌脱いでくれることになった。

「木星ちゃんと東原さんの共通の話題が星ってことなら、プラネタリウムや博物館なんかの星関係が無難なんじゃないすか。話が盛り上がったらカフェとか入ればいいし」

「カフェ……」

東原も一弥もカフェなるものに入ったことがない。フランチャイズのコーヒー店、それもファミリー向けがせいぜいだ。

沈痛な面持ちになる眼鏡たちに、米原くんは「下見ついでにちょっと水分補給に行きますか」とプラネタリウムからも博物館からも徒歩圏内にあるオススメのカフェまで案内してくれた。リア充のやさしさ無限大か。

「うう、まぶしすぎる空間……！」

「いたたまれない……！」

連れて行ってもらったカフェはウッディかつモダンなデザインの建物で、通りに面した側は温室のようなガラス張りになっていて五月の陽光がたっぷり入ってくる。明るくお洒落な空間に一弥たちがおののくのに、米原くんは「おおげさっすね～」と笑うばかりだ。

セレクトショップに引き続いてのアウェイな世界に一弥はもうへろへろだ。

買い物のお礼にケーキセットをおごってくれるという東原の言葉に甘えてコーヒーと特製チョコレートケーキを頼んだあとは、すみずみまでセンスが行き届いている店内を眺める気力もなくぼんやりと外に目を向けていた。

ふいに一弥は目を瞬く。

（壮ちゃん……？）

カフェの斜め向かいにある大型書店から出てきたスーツ姿の長身の男性は、やっぱり壮平だ。出版社のロゴが入った重そうな紙袋を片手に持っているから外回り中なのだろう。

（わ～、仕事中の姿とか初めてだ）

思わずガラスの方に身を乗り出して注目していたら、あとを追うように書店からすらりとしたスーツ姿の女性が出てきた。声をかけられた壮平が振り返り、顔見知りだったのか親しみのこもった笑顔で何か答えている。

ガラスのせいで声が聞こえない。見えるところにいるのに、音声をミュートにしたテレビを見ているように。

壮平と同じ年ごろの女性は美人でお洒落だった。スーツはシンプルなデザインながらもシルエットが綺麗で、ローヒールのパンプスやブラウス、アクセサリーのさりげない合わせ方にセンスのよさが滲んでいる。さりげなくネイルの施されているすんなりとした手には壮平とは違う出版社の紙袋を持っていた。

同業他社だとライバル関係で仲が悪いのかと思いきや、そういうわけじゃないというのは壮平本人から聞いている。彼の先輩は同業他社の営業さんと結婚していて、壮平も結婚式に招ばれていたのを思い出した一弥の胃が奇妙な感じによじれた。

壮平と美女は仲よさげに話しながら一弥から遠ざかっていった。胃のよじれ具合がひどくなって、おなかが痛いような気がする。

無意識に胃のあたりをさすっていたら、気づいた米原くんに心配されてしまった。

「大丈夫すか？」

「……うん、大丈夫。空腹具合を確かめてただけだから」

長い前髪のせいで表情はわかりにくくても、言い訳する口許や声がこわばっていたせいか米原くんの表情は晴れない。追及されたくなくて一弥は顔をそらす。

そうして目にしたものにますます気が滅入った。

カフェを広く見せる効果のあるインテリアの鏡に、自分が映っていたからだ。洗いざらしでぼさぼさの重苦しい髪に、やたらと存在感がある黒縁眼鏡。センスのかけらもないよれたシャツにくたびれたチノパン、使い古されたバッグやスニーカー。

いつもどおりの一弥だ。

いつもどおりだけれど、取り囲む空間がいつもと違うせいで一弥だけが浮いていた。お洒落に変身した東原が周囲に馴染んでいるぶん、ことさら自分のひどさを客観的に、容赦なく自覚させられる。

さっきの壮平と美女の姿が脳裏をよぎった。

並んでいるとスーツのＣＭかと思うような、お似合いの美男美女。とても、本当にとてもバランスがよかった。——一弥だったら、あんな風に壮平とは馴染まない。

鏡に映る自分とさっきの壮平を脳内で並べてみて、テーブルにつっぷしそうになった。自分なんかがつっぷしたらお洒落テーブルに申し訳ないからギリギリで我慢したけど。

(壮ちゃん、よく僕みたいなのと一緒にいてくれたなあ……)

これまでは自分が彼と並んだときにいかに見劣りするかなんて意識したことがなかった。

でも、客観視してしまったら我ながらひどかった。

先日のバーガーショップで注目を浴びていたのも、きっと壮平の格好よさや男同士で食べさせあっていたことだけが原因じゃない。お洒落なイケメンともさもさダサよれよれモブが一緒にいることで醸し出される強烈な違和感も大きな要因だ。それなのに一弥は壮平に「目立ちたくないから話しかけるな」なんて言ってしまった。

自分が恥ずかしくて、一緒にいた壮平に申し訳なくて、地面にめりこみたいくらい落ち込んでしまう。できることならどろどろ溶けて蒸発してしまいたい。

（……いや、駄目だ。ただ落ち込んでいても意味がないんだから、無意味なことはやめないと）

まばたきで自己嫌悪の涙を払い、無理やり気を取り直す。根っからの理系である一弥には感情にどっぷり浸って思考停止するというルートがない。

この落ち込みの原因および問題点を明らかにし、なんらかの対策を考えるのだ。気づいたときが修正のとき、改善に遅すぎるなんてことはない。遅くてもいまよりマシになればいいのだから。泣きたいのは感情の問題、のまれてたら駄目だ。考えろ。

脳内にフローチャートを描きながら一弥は思考に没頭する。

この落ち込みの原因は自分のみすぼらしさを客観視したことにある。みすぼらしいとなぜ落ち込むのか……周りのとのバランス、特に好きな相手である壮平の隣に並ぶのにふさわしくないのを自覚したからだ。とはいえもともと一弥は自分が彼にふさわしいなんて思っていない。にもかかわらずこんな気持ちになるのは、やはり壮平の隣に立つにふさわしい自分になりたいという願望が心のどこかにあるせいだ。おこがましい願望だけれど、ここは感情的なあれこれは抜きにして事実のみの抽出が大事だ。

まずはひとつ。自分の願いと目標がクリアになった。

『壮平の隣にふさわしい姿になること』

再びみすぼらしさという部分に視点を戻して考える。

ここが重要なのだが、一弥はみすぼらしくなろうと思ったことはない。たしかに身なりに気を配る方ではないし、人目を引きたくないという気持ちから地味な服を好むが、清潔に、人並みの格好をしてきたつもりである。それなのにみすぼらしいというのはどういうことか。

これにはふたつの理由が挙げられる。

ＴＰＯに合っていない。すなわち、お洒落である必要性がない場所ではこのままでも悪目立ちしないが、このカフェのようなお洒落空間にふさわしい格好をしてこなかったことがひとつ。

ふたつめは、そもそものセンスの問題。たとえＴＰＯに合わせるべく家で着替え直してきても、一弥はこのカフェで浮かない自信がない。

脳内の矢印がトータルで結論を導き出す。

「僕にもアドバイスをお願いします……！」

突然がばりと頭を下げられた米原くんが目を丸くした。深刻な顔で黙りこんでいた一弥の不意打ちに東原もぽかんとしている。

「えー……っと、南野さん？　何のアドバイスですか」

「あっ、ごめん、説明が抜けてて……っ。えっと、東原くんを変身させたみたいに、僕にも力を貸してもらえたらなって……」

「おおおっ、南野くんもデート服を⁉」

「いやっ、デート服じゃなくて……っ、予定もないし！　ただ、こういうとこに来ても大丈夫な服っていうか、お洒落な人の隣にいても恥ずかしくならないような格好ができるセンスを急募っていうか……っ」

東原の食いつきを否定したうえであわあわと主語述語もままならない説明をしてしまったのに、米原くんは「ああ、なんかわかりました」と言ってのけた。エスパーだろうか。

「俺でよければ買い物付き合いますよ。なんなら、いまから戻ります？」

「いいいやっ、いいです、さっき試着とか断固拒否しておいてすぐ戻ったら図々しさに驚かれると思うし……っ」

ぶんぶんとかぶりを振る一弥に「そんな気にしなくて大丈夫だと思いますけど」と笑いながらも、米原くんはすぐにバイトや講義、プライベートのスケジュールを確認して提案してくれる。

「来週の土曜か日曜ならいけますよ。どうすか」

「休みの日なのに、いいの……⁉」

「鉄は熱いうちに打てって言いますし、せっかくの南野さんのやる気が消えちゃったらもったいないじゃないですか。むしろ急募なのに間があいてすみません」

「とんでもない、ありがとう米原神……！」

「さすが我らの米原神……！」

「宗教化しないでください」

東原と二人で拝むと米原くんが苦笑する。けれども一弥の中で彼は完全に救いの神だ。明るい色のベリーショートの頭から後光がさして見える。

来週の土曜日に再び神と共にセレクトショップに赴き、一弥も変身に挑むことになった。

ちなみに新生東原はもう同族じゃないから付き添ってもらったところで安心感に特に差はない。ということで「俺も付き添おうか？」という申し出を断ったら、変身したことで自信とやる気に満ちあふれている彼は新たなチャレンジを宣言した。

「南野くんと同じ日に、俺は木星ちゃんとの初デートに挑むよ！」

「おおお！」

米原くんと一緒に拍手して、一弥はぐっとこぶしを握って自分たちにエールを送った。

「お互い頑張ろう！」

「おう！　挑戦することに意義がある！」

「なんで微妙に後ろ向きなんすか」

米原くんからツッコミが入ったけれど、非リア充兼非モテ連合にとって来週の土曜は大冒険スペシャルだ。大事故が起こらないよう加護を祈るのみ。

買い物の予定が決まって勢いがついた一弥は、さらに自分の駄目な部分を改善しようと意気込んだ。

「あの、米原神」

「神はやめてくださいって。次その呼び方したらスルーしますからね」

忠告に頷いて、一弥は姿勢を正す。米原神はブーランジェリーでバイトしていて、料理も上手いんだと尊敬する准教授がどこか自慢げに言っていたのを思い出しながら口を開いた。

「図々しいお願いなのはわかってるんだけど、簡単な料理も教えてもらえませんか」

「べつにいいですけど、どうしたんすか、急に」

目を丸くしての質問はもっともだ。

「その、見た目をいまよりマシにしてもらうんなら、中身もマシにできたらいいなって思って……。僕、恥ずかしながら全然料理ができなくて、幼なじみにも心配されてるんだよね。あっ、もちろんカップラーメンくらいは作れるよ？」

「カップ麺はお湯入れるだけじゃないすか。料理じゃないでしょ……って、博士も似たようなこと言ってたな……。なんすかそれ、お湯を入れるのを調理とみなすのは研究室共通なんですか」

「むむっ、その認識は間違っているよ米原くん！　俺はけっこうちゃんと作るよ？　得意料理は北京（ペキン）ダックだし」

「それ、家で作るものじゃなくないすか」

東原の発言に米原くんは若干引き気味だ。すっかり忘れていた東原の特技に一弥ははっとする。

「そっか、東原くんも料理上手だったよね。東原くんに習った方がいいのかな……」

米原神に頼りすぎるのも……と呟いた矢先、カッと音がしそうに丸眼鏡が光った。

「学びたいかね、南野くん？　美食の道は険しいが、細く厳しい道を這（は）い上がってこそ出会える景色が……」

「あっ、やっぱりいいです。料理人を目指しているわけじゃないんで」

「俺だって目指してないよ⁉」

「いやー……、東原くん目が本気だったし」

ねえ、と米原くんと目を見合わせる。

「どのくらいのレベルを目指してます？　俺もめっちゃ凝（こ）った料理はしないですけど」

前向きに検討してくれている米原くんの問いかけに、一弥は「自分の食事を自分で作ることができるレベル」と答える。多少まずかろうが見栄えが悪かろうが栄養バランスがよければかまわない。

「基礎中の基礎って感じですね。そのくらいならあんま時間もかかんないだろうし、今度料理教室っぽいのやりましょうか」

「ありがとう米原神……！」

思わず拝んだら、にっこり、圧力を感じる笑顔が返ってきた。しまった、神を神と崇めてはいけないのだった。

「ありがとう米原くん。あの、これも食べる……？」

言い直してチョコレートケーキをお供えしたら、にやっと笑って「じゃあひとくちだけ」とフォークでカットして口に入れる。そして、「これもどうぞ」と自分のミルフィーユの皿を寄越した。

「え、いいの……？」

「俺ももらいましたし」

「すごい……！　なんかリア充の世界……！」

「なに言ってるんですか」

苦笑されるけれど、これまで一弥は家族以外と食べ物を分け合うという経験をしたことがない。唯一の例外が壮平だけれど、彼はもはや家族以上の存在というか、自分の半身みたいなものだ。友達とケーキシェアだなんて、さっそく米原神の導きでリア充ワールドにお邪魔させてもらっている気分になる。

おそるおそる少しだけもらって、ケーキ皿を返した。ふと見たら東原はふわふわのパンケーキをすでに半分以上食べている。こっちに興味はなさそうだけれど、リア充的に仲間はずれはよくないだろう。

「東原くんもシェアする？」

「えっ、なんで」

丸眼鏡の奥の目をまん丸くされた。なんでと言われると一弥も困る。

「なんとなく……？」

「じゃあいいよ。俺、これが食べたくて頼んだし」

「だよね」

納得するなり米原くんが噴き出した。

「やっぱ博士と同じ世界の人たちですよね〜」

米原くんの言う「博士」とは一弥たちが尊敬してやまない千堂准教授のことだ。

あの憧れの天才博士と同じ世界の人って言われた……！　と、ぱああっと顔と眼鏡を輝かせて東原と顔を見合わせた数秒後、東原の丸眼鏡の輝きがしゅんと消える。

「ど、どうしたの東原くん⁉」

「……千堂先生と同じなのは光栄だけど、それって恋愛的には困難が多く予想される、ってことにもなるよね」

はっとする。

千堂准教授は人並み外れた頭脳の持ち主だけれど、対人関係における感覚も人並みを外れている。一言でいうとデリカシーがない。

美術館に置いても違和感がないのではというレベルの美貌とスタイルは女性たちの視線と関心をホイホイするのに、女学生たちのほとんどが入学後半年もせずに千堂先生を「観賞用」にカテゴライズしなおす。才能とビジュアルは本来モテるべき条件を備えているのに、モテていない。

それはつまり、恋愛不適合者ということ。

千堂先生ほどの好条件を持ち合わせていない自分たちは、観賞用としての存在価値すらないのだ。これまでモテなくて然るべきであり、今後の東原の恋路にもおおいなる困難が予想される。

導き出された結論に痛ましい顔になると、米原くんから苦笑混じりのフォローが入った。

「そんな意味で言ってないですって。ていうか、東原さんたちは博士よりいろいろちゃんとしてるじゃないですか」

「それは……我々は凡人だから」

「あ、そういうネガティブ発言はいいんで。自分が持ってるものを認めましょうよ」

すぱっと言われて、自己憐憫に浸りかけていた二人の眼鏡はおどおどと頷く。さすがはかの天才・千堂先生を御する米原神、朗らかに容赦がない。しかも正論。

「とりあえず、東原さんも南野さんも博士より社会に適合してる、それは間違いないです。で、さっき俺は、博士と同じ世界っていうのも悪い意味で言ってません。具体的に説明すると、明らかに南野さんが気を遣ってシェアを持ちかけたにもかかわらず、そこで変に空気を読んだりしないでさらっと断るのも、その返事に素直に納得するのもいかにも博士の世界の人たちっぽくておもしろいなあって思っただけです」

「ま、待って待って米原くん。悪い意味で言われてないのはわかったけど、『明らかに気を遣ってシェアを持ちかけたにもかかわらず』が気になったよ。ていうかそうなの？　南野くん、さっき俺に気を遣ってくれた？」

「はあ……、まあ」

米原くんに語りかけておきながら一弥に問いを投げてくる東原はかなり動揺している。どうしたんだろう……と思いながらもゆるく肯定すると、がっくりとうなだれてしまった。

「駄目だ、これ駄目なパターンだ」

「何が？」

「ネットで読んだ……。非モテのやらかし」

曰く、木星ちゃんとのデートに備えて東原はこのところネットで恋愛をうまくいかせるコツを調べており、その中でも頼りにしている某モテメンの記事「相手の気遣いに気づける男になろう」に今回と似たような事例が挙げられていたのだという。

「いや、僕はべつに東原くん狙ってないし」

だから全然気にしなくても……と言う一弥に東原は強くかぶりを振る。

「そういうことじゃないんだ。モテとか別として、男として……いや人として、相手の気遣いを無駄にするようなやつにならないようにしたいって思ったばかりだっていうのに、俺ってやつは……！」

「頭で理解してるのと実践できるようになるのは別ですからね～」

苦悩の主人公になりかけた東原をあっさり米原くんがいなす。

「たしかに人の気遣いには気づけた方がいいです。気づいたら感謝できるようになりますし、そこから思いやりあえるようになったらお互いに気分よくすごせるようになりますもん」

「だよね……」

「だからって、気遣ってもらったことぜんぶを受け入れる必要もないんですからね？　さっきの東原さんの返事、南野さんは普通に受け止めてましたし、俺もああいう風に一本筋が通ってるのはわかりやすくて好きです。気にしすぎてくよくよしてる方が面倒ですって」

「面倒……」

「あっ、すみません口がすべりました」

てへっと笑っての言葉はまったくフォローになっていない。神よ。

「とりあえず、あんま気にしすぎない方がいいですって。気づけるようになりたいって思ってるとちゃんと気づけるようになるもんですし、そうしたら徐々に変わっていきますよ」

たしかに、千堂先生は米原くんと仲よくなって変わった。デリカシーゼロだったのがデリカシー3（十段階評価で大サービス認定）くらいにはなっているし、やわらかい表情を見せることも増えた。しかし。

「徐々にじゃ間に合わないんだよ〜」

なんといっても木星ちゃんとのデートは来週末の予定である。そこでフラれたらまたしばらく次のチャンスはないだろう東原にとって一世一代の勝負だ。学会での発表と同じくらい万全を期したい気持ちは察せられる。

悲劇の主人公と化している東原に代わって、モブ代表・一弥が米原神に託宣を願った。

「主よ、自らが変わるのが間に合わない場合の対処法を彼に授けてください。木星ちゃんが我々とは違うタイプだった場合、東原くんはどうしたらいいですか」

「だからその教祖扱いやめてって……」と嘆息しつつも、神は考えてくれる。

「俺も直接会ってないから『木星ちゃん』好みの対応の仕方はわかんないけど、とりあえず、相手から何か誘われたら断らないようにしたらいいんじゃないですかね。初デートで何かを誘うときって根っこに相手への気遣いがあると思いますし、せっかく誘ったのに断られたら本人に悪気は全然なくても普通は拒否られた気分になるでしょうし」

「なるほど、断らない」

真剣な顔でリピートして東原がスマホにメモをとる。

「あとは相手が楽しんでいるものに水を差すような物言いをしないとか、『なんで』を連発しないとかですかね」

「『なんで』は駄目なんですか」

「なんでですか」

忠告を受けたばかりなのについ東原と口走ってしまった。米原くんが笑う。

「駄目じゃないですけど、連発はやめといた方が無難です。理系って探究心が強いからわからないことは積極的に知りたがりますよね。純粋に疑問で知りたいだけだとしても、言い方によっては責められてるみたいに感じさせることもありますし、相手に説明ばっかさせてると『会話』にならないですから。でもまあ、質問自体は会話を盛り上げるきっかけになるんで、適宜(てきぎ)使うといいですよ」

「適宜……⁉」

「なんという難題……」

頭を抱える一弥たちに米原神が啓示を与える。

「疑問点は具体的に、そっけない口調にならないように気をつけて、知りたい理由まで話すようにしたらいいと思います。理由がわかったら相手もただ知りたいんだって理解してくれるでしょうから」

さすがは米原神、勉強になる……と一弥もスマホでメモをとった。自分にはデートの予定はないけれど、今後親しい人たち――具体的に頭に浮かんでいるのは壮平の顔だ――に嫌な思いをさせることがないように気をつけよう。

「ところで、料理教室どこでします？」

話を戻した米原くんの問いに一弥よりも先に東原が答えた。

「うち、使っていいよ。大学から近いし、キッチン広いんだ」

「でも東原さん、参加しないでしょう」

「えっ、なんで⁉」

「料理得意って言ってたじゃないすか。家で北京ダックが作れるレベルの人に俺が教えることなんてないっす」

「ええ～、仲間はずれ反対！　俺も参加したい！　俺の料理の腕も見てほしい！」

「目的変わってるじゃないですか。まあ、南野さんがいいなら俺はべつにいいですけど」

判断を任されたところで一弥としても否（いな）やはない。

東原のところで料理教室をしてもらえたら極秘裏に料理の腕を上げられるのだ。ある日突然一弥が美味しい手料理をご馳走したら、壮平は間違いなくびっくりする。いつも年下とは思えないほど余裕たっぷり、なんでもできる彼がどんな反応を見せるか想像するだけで楽しみで、顔がにんまりした。

南野一弥、二十六歳。自分で望んで無難な脇役人生まっしぐらだったにもかかわらず、生まれて初めて自らを変えるルートを選んだのである。

【3】

料理教室は学部生の米原くんの講義が早めに終わる日、火曜と木曜に東原邸で開催されることになった。

東原ご自慢のキッチンは物件探しのときにこだわったというだけあり、一人暮らし用としては破格の贅沢な造りと広さで使いやすく、男三人がうろうろしても体がぶつからない。軽い接触嫌悪がある一弥にとってはありがたい。

第一回は買い物に行ったのと同じ週の木曜日に開催され、「どのくらいできるか見たいので」と初心者定番のカレーとサラダを作った。

「切って盛るだけで野菜はすべてサラダです」「カレーは材料を適当なサイズに切って、炒めて、煮て、ルーをとかしたらできます」というじつにおおらかな作り方で料理を教えてくれる米原くんに、「レタスは包丁で切ると金気くささがでるから手で千切った方が……！」「サイズをそろえた方が火の通りが均一になるのに……！」などの東原の嘆き……もとい、より美味しく作るためのコツがちょいちょい挟まれる料理教室は二時間に及んだ。

こなすべき作業と情報量でパニックになりそうだったけれど、これまで壮平の調理を微力ながら手伝ってきたのが知らず知らずのうちに経験値として蓄積されていたようで、なんとかついてゆく。

米原くんが作った「見本」と一弥の「復習」で同じものが倍量で出来あがり、「ついでだから」と作りすぎたときのアレンジと冷凍保存の方法まで教えてもらった。カップ麺しか自炊したことがなかった一弥も一気にレベルアップだ。

夕飯を兼ねた試食タイムに入って間もなく、米原くんのスマホに着信があった。「ちょっとすみません」と彼がベランダで電話に出る。

聞くつもりはないのにサッシの隙間から米原くんの声が漏れ聞こえてきた。

「……言ったじゃないですか、今夜はちょっと遅くなるって。え、こんなに遅くなるとは思わなかったって？　なに言ってるんですか、まだ七時半ですよ。あー……はいはい、わかりました。……うん、わかったって、帰るから。……いや、だからもう帰るから、もうそれ以上のポエムやめー！」

「帰る」ということは電話の相手は彼が同居でお世話を請け負っている千堂先生のはずだけれど、突然のポエム発言が謎すぎる。通話を終えて戻ってきた米原くんのそばかすの散った頬がほんのり赤いのも謎だ。

「すいません、博士がうるさいんで帰ります。俺のぶんもらってってっていいですか」

「もちろんだよ！　千堂先生が空腹のあまり倒れてしまったら宇宙の真理が遠ざかってしまう……！　こんなものでよければ先生のぶんも持って帰って」

作り手としては東原の「こんなもの」呼ばわりは複雑だけれど、千堂先生の空腹事案が一大事なのは一弥も同じだ。持ち帰りの準備を手伝い、ついでに自分もタッパーでもらって帰ることにする。

東原邸を出たところで、スマホにメッセージが届いているのに気づいた。壮平からだ。

『早く帰れそう。一緒にメシ食う？』

届いた時刻は一時間半前、バタバタしていて気づかなかったのを申し訳なく思いつつ、いまさらながらの返事を送る。

『先に食べてて』

メッセージだと一弥が必要最小限しか送らないせいか、返事の代わりに電話がきた。

「いっちゃん？　いまどこ？」

「大学の近く」

「俺まだ食べてないし、待ってるよ」

やさしい言葉に少し迷ったものの、帰宅まであと三十分かからないにしろ東原に「こんなもの」呼ばわりされた品を食べさせるのは忍びないし、このカレーとサラダの由来はまだ話せない。

「ううん、いいよ。待ってないで」

断ったら、スマホの向こうに沈黙が落ちた。

「壮ちゃん……？」

「あ、ごめん。いっちゃんに断られるのって初めてで、びっくりしちゃって」

そういえばそうだ。一弥は壮平に誘われるとうれしくていつも最優先にしてきたし、そもそも一弥のスケジュールは彼に筒抜けだからタイミングが悪いときがなかった。

思いがけずに初めての拒絶をしてしまったけれど、今夜は仕方がない。こういうときなんて言ったらいいのか……と迷っていたら、バスが来てしまった。

「ごめん壮ちゃん、もう切るね。ほんとに待ってなくていいから！」

バスの扉が開いて、返事を待たずに一弥は切る。

座席に着いたらスマホにスタンプが届いた。例の人気コミックのキャラが落ち込んでいるのと、ふくれっつらの連続だ。デフォルメされたイラストは現在の彼の気持ちを伝えながらも許してくれているようで、ほっとした一弥はそれで終わりにした。

二回目の料理教室は翌週の火曜日、メニューは肉じゃがと味噌汁になった。

「和食って難しいんじゃ……」

「大丈夫ですって、コレを使えば楽勝です」

ドンと米原くんがテーブルに置いたのは市販の調味液と出汁パックだ。

「嘘だろ米原くん、それ、すき焼きのタレって書いてるし、合わせ調味料は自分で合わせてこそ……っ」

「そういう人は使わなけりゃいいんです。でも人が使うことにケチつけんのはやめましょうね。いまは『作れるようになる』ことを優先してますし、自分の好みやこだわりがあるのはいいけど押しつけはただの自己満っすよ」

にこやかにばっさり斬られた東原は手で口を押さえ、ふくよかバディを縮める。

一気に難易度が上がった気がしていたけれど、肉じゃがの材料と作り方はカレーとほぼ同じなうえ米原くんの作り方だと本当に楽勝だった。味も少しずつ濃くしていけば間違いがなく、ちゃんと美味しい。味噌汁に至っては米原くんイチオシの「ちょっと高いけど簡単で美味い出汁パック」で出汁をとり、東原お手製（！）の味噌を使ったらびっくりするほど味わい深い美味になった。

肉じゃがと味噌汁を分け合って帰宅し、タッパーのままレンチンしていたら、トントントン、と隣との間にある壁がノックされた。

これは壮平からの「ベランダに出られる?」の合図だ。トントントン、と反射的に一弥も了承のノックを返す。

隣室との間にある防火用の壁を避けて手すりから少し身を乗り出すと、壮平も同じようにしていた。月は出ているけれど雲がかかっていて、夜目がきかない一弥には陰になっている彼の表情があまり見えない。

「おかえり、いっちゃん。今日遅かったね」

「ただいま。ちょっとね」

「ごはん食べた？」

「ううん、いまから」

「作りにいこっか」

面倒見のいい幼なじみに少し笑って断る。

「もうあったためたからいいよ」

「コンビニ弁当よか俺のメシのがよくない？」

「大丈夫、今日はコンビニ弁当じゃないし」

「じゃあカップ麺？」

いつもなら頷（うなず）く問いだけれど、今夜は違う。内心でにやりとしながらも、秘密の特訓がバレないように嘘じゃない範囲でぼかした。

「違うよ、今日は分けてもらったごはん」

「分けてもらった……？」

「うん」

「誰から」

急に低くなった声音に戸惑いながらも答える。

「研究室の人と、研究室によく来る人から……」

「研究室の人って、学会前に差し入れとかする人と同じ？　東原さんだっけ」

記憶力のよさに感心しながら頷くと、続けて聞かれる。

「よく来る人っていうのは？」

「えっと、千堂先生にランチのデリバリーしてくれる学部生で、パン屋さんでバイトしてる人……」

「パン屋さん、ね」

ふうん、と呟く壮平の声には抑揚がない。なんだか様子が変だ。

やっと暗さに目が慣れてきた一弥は、室内からの明かりで陰影が濃くなっている壮平が笑っていないことに気づいてドキリとした。

「……なんか、嫌なことでもあった？」

「え」

「機嫌悪そうだから」

そういうの珍しい、とおずおずと言ってみたら、壮平が「あー……ごめん」と片手で顔を覆ってため息をついた。

「ごめん、出さないようにしたかったんだけど……。いっちゃん不足みたい」

「僕？」

「最近全然一緒にいられないじゃん」

「あー……、タイミングが悪かったよね」

壮平は月曜と水曜の終業後に趣味仲間とフットサルをしていて、一弥は火曜と木曜に先週から料理教室に参加するようになった。しかも先週末は出版社主催のサイン会で壮平は金曜が残業、土日も出勤だったから、直接顔を合わせるのは一週間以上ぶりになる。一弥は用もなくメッセージのやりとりをしないから、会わないと一気に疎遠になりがちだ。

「せっかくフリーの時期なのに……」

はあ、と大きなため息をつく壮平の言い草はなんだか妙だ。フリー、つまりは彼女がいない時期というのは「せっかく」などといわないはず。

首をかしげるものの、そういえば壮平は根っこが寂しがりなのだった。

彼女がいない時期は一弥のところにほとんど住んでいるんじゃないかというくらいに入り浸り、「このままだと壮ちゃんが出て行くときのダメージに耐えられなくなる……！」と不安を覚えた一弥が「そろそろ新しい彼女つくんないの？」と聞いたら数日後に新しい彼女をゲットしている、という流れ。

「壮ちゃん、そろそろ次の彼女つくったら？」

料理教室はまだ続く予定だし、寂しいなら……と親切心で言ったのに、こっちに目を向けた壮平の視線がいつになく鋭くてドキリとした。

「いっちゃんは平気でそういうこと言うよね」

「え……」

「まだ俺に彼女がいた方が安心？」

「まだ」の文脈がわからなくて戸惑うものの、質問自体への答えはイエスだ。壮平に彼女がいれば自分のものにならない相手に愚かな期待をする危険性がなくなるし、期待をしなければ心の平穏を保てる。

頷いたら、深いため息をつかれた。

「……俺はいっちゃんさえいてくれたら、本当は彼女なんかいらないのに……」

本気っぽい口調に心臓が跳ねるけれど、彼のことだからきっといつもの思わせぶりだ。どぎまぎしながらも一弥はかわす。

「ま、またまた～。壮ちゃんすぐそういう冗談言うよね」

「……うん、冗談」

やっぱり。真に受けなくてよかった、と思う一方で残念な気分にもなる。

「いっちゃん、そういう目で見られるの……恋愛対象にされるの、嫌だって言ってたもんね」

苦く笑った壮平がため息混じりに呟いて、一弥の方を向く。

「さわっていい？」

「う、うん」

唐突な要求を受け入れると、長い腕が伸びてきて前髪をかきあげられた。顔をさらされても夜だからまぶしくない。くしゃくしゃと混ぜるように撫で（な）ながら壮平が苦笑する。

「簡単にさわらせてくれるのに、なかなか壁は消えないねえ」

「壁……？」

「いっちゃんの心の中にあるやつ。恋愛対象にされたくない病」

そんな病気は聞いたことがないし、罹患（りかん）した覚えもない。戸惑っていたら、ぽつり、と天から雫（しずく）が落ちてきた。

見上げると月は隠れ、夜空は一面重たげな黒い雲に覆われている。ぽつり、ぽつりと続けて雨粒が落ちてきて、湿度の高さが大雨の気配を漂わせる。

一弥の前髪で指を遊ばせていた壮平が囁（ささや）いた。

「そっち、行っていい？」

「うん。……あ、でも玄関からね」

「わかってるって」と返した彼の手が頬へとすべり、むに、と軽くつままれた。眼鏡の奥で一弥は目をぱちくりする。

「……なんれ」

「やつあたり」

「えー」

「うそうそ。愛情からくるいたずら」

笑った壮平がつまんでいた部分をいたわるように撫でる。軽くつまれただけだから痛くないのに、そんな撫で方をされたらドキドキしてしまう。手を離したくないと仕草で言われているみたいで。

「いっちゃん、最初にさわっていいって言ったらそのままほかのとこに手がいってても許してくれるよね」

あたたかくて大きな手が頬から耳へと移る。くすぐったさに身をすくめながらも一弥は抵抗しない。壮平だから平気というのもあるけれど、たしかに一度触れたところから軌道を描いて移動してゆく手には怖さがない。

「進行方向の予測がつくから、心の準備ができるのかな」

「なるほど」

つぷ、と耳孔に指が入って体がびくーっと跳ねた。とっさに壮平の手を掴んで逃げると、にやりと彼が笑う。

「心の準備ができるんじゃないの？」

「そ、そんなとこまで入ってくるって思わないじゃん……っ」

「入るよ。警戒心強いのに不用心」

くくっと笑った壮平の機嫌が直っていてほっとする。まさか本当に「一弥不足」で、さわってからかうことで補充できたとでもいうのだろうか。

まさかね、と内心でかぶりを振って部屋に戻ろうとしたら、思いがけないことを聞かれた。

「デザートあるの？」

「へ」

「晩ごはん。いまからって言ってたけど、デザート付き？」

ううん、とかぶりを振ったら、「作ってあげようか」と魅惑の誘いがきた。

「いいの？」

「プリンとチョコチャンククッキーだったらどっちがいい？」

「うわあ迷う～」

どちらも一弥の大好物だ。料理上手な壮平はお菓子もいくつか作れるのだけれど、目分量でざっくり作っているように見えるのに一弥好みに仕上がるという不思議。というか、壮平の作るものはなんでも一弥好みなのだ。作ってくれる本人が一弥の好みど真ん中だからなのだろうか……と思うものの、そこの相関性は理論的にはありえない。

悩んだものの、今日は板チョコをバキバキ割ってごろごろ入れたチョコチャンククッキーにした。焼き時間も含めて二十分ほどで彼が作るこれは美味しいカロリーの味がする。

夕飯を食べ終えるころに壮平が甘い香りを放つ焼きたてのチョコチャンククッキーの大皿を手にやってきた。

「まだ熱いから気をつけて」

「うん。焼きたてはチョコがとろけて最高なんだよね～」

うきうきと一枚もらい、焼きたてゆえにまだ少しやわらかいクッキーに息を吹きかけて冷ましてからかじる。口いっぱいに広がる甘さと香りは至福。短時間でこんな素晴らしいものが作れるなんてやはり彼はすごい。

「美味しい？」

「うん！」

「東原さんにもらったやつより？」

思いがけない問いにぱしぱしと目を瞬いた。

「えーと、もらったのはおかずだったし、デザートはジャンルが違うよ……？」

「うん、それでも。どっちが好き？」

どっちが、と言われても料理教室で習った品は本当は自分で作ったものだ。こだわりのグルメ眼鏡東原がどんな肉じゃがと味噌汁を作るかわからないのに安易な比較はできない。とはいえ、好物は特別枠だ。どんなに美味しい肉じゃがにもこっちが勝つだろう、と判断した。

「壮ちゃんのが好き」

壮平がにっこりする。

「もっかい言って」

「壮ちゃんのが好き」

「もっかい。なんなら『の』がなくてもいいよ」

いつもの調子でからわれて、一弥は顔をしかめて見せてから次のひとくちをかじる。美味しくてしかめっつらをキープできないのが少し悔しい。

（壮ちゃんも料理上手だから、東原くんに対抗意識が芽生えたのかなあ……？）

思いがけずに作ってもらったクッキーだったけれど、実際はライバル心なんか必要ないから申し訳ない限りだ。でもクッキーはラッキー美味しいな……と幸せに食べていたら、片肘をついて一弥を眺めていた壮平が呟く。

「俺、けっこう頑張ってるんだけどなあ……。押しすぎたら怖がられるのがわかっていて、これ以上ってどうしたらいいんだろうね」

「んん？　何の話？」

「いっちゃんの話」

苦笑混じりに返されても、何が言いたいのか一弥にはよくわからない。おかしい。同じ日本語を使っているはずなのにリア充界ならではの言い回しでもあるんだろうか。

眉根を寄せる一弥に笑って壮平が口許に手を伸ばしてくる。

「さわっていい？」

「ん……、チョコでもついてた？」

食べるのが下手で申し訳ない、と思いながらいつものように目を閉じて顔を向けると、唇にあたたかな指が触れてゆっくりと撫でてから離れてゆく。目を開けると、一弥の唇に触れたと思われる指に口をつけている壮平と目が合って鼓動が速くなった。

視線を合わせたまま低く言われる。

「俺ならいっちゃんの好きなもの、ぜんぶ作ってあげられるよ？　ひとりじめしたくならない？」

「え……、いやあ、それはさすがに。壮ちゃんは彼女さんのものでしょ」

いつもと違う雰囲気にどぎまぎしながらも、そこまで望んだら罰が当たるし、いまはいなくてもすぐできるし、となんとか視線をはずして返したら、「やっぱそうくるんだ……」と深く嘆息された。スマホを取り出した彼がなにやら操作したと思ったら、一弥を手招いた。

「そこまで言うなら選んでくれる？」

なんだろう、と差し出された画面をのぞきこむと、ずらりと写真のアイコンとプロフィールが並んでいた。――マッチングアプリの紹介リストだ。

ざわりと胸の中が波立ったけれど、なんとか言い返す。

「僕が選んでも意味ないじゃん。壮ちゃんの好みじゃないと」

「俺の好みだといっちゃんになるよ」

「はいはい」

いつもの冗談も、目の前に可愛かったり綺麗だったりする女性たちのリストがあると笑えない。おざなりに答えてこれ以上この話題を引っぱらないために適当に一人を指した。

「この女性とかいいんじゃないでしょうか」

「……ほんとに選ぶし」

低い呟きがよく聞こえなくて目を上げると、嘆息した彼が「こういうのがタイプ？」なんて聞いてくる。人の気も知らないで。

「僕と恋愛は違う世界の出来事ですので」

「さっきからなんで敬語なの」

苦笑されても、自分でもわからないから黙っている。壮平はろくにプロフィールを読みもしないでその女性と連絡をとることにしたようだった。

どうせOKをもらうに決まっているし、ちょっと胸の中がもやもやしているのは脇役的に正しくないから、一弥は残りのクッキーに意識を集中していま見た女性のプロフィール写真も、壮平の次の彼女候補を選んであげたのも忘れることにする。

忘れておかないと……いちいち嫉妬なんてしない自分でいないと、雨の夜の抱き枕になんてなれない。

【4】

「南野さん、なんか元気ないです？」

翌日、研究室にデリバリーに来た米原くんに問われて一弥は目を瞬く。

「そんなことないよ。なんで？」

「ため息ついてました。めっちゃ憂鬱そうに」

「え……、ご、ごめん」

「べつに謝られる必要はないんですけど。何かありました？」

「ううん、ないよ」

壮平のことはこっそり好きでいるだけでいいし、彼に彼女ができるのはいつものことだし、新しい彼女をつくるように勧めたのは自分だ。憂鬱になる意味がわからない。というか、憂鬱になっても意味がない。意味のないことは気にしないに限る。

一弥はいつも自分にそう言い聞かせて胸のもやもやに対処してきた。今回もそうするつもりだけれど、アプリで相手の女性の顔を見てしまったせいでもやもや増量中なのが無意識のため息に表れてしまったようだ。

気をつけないとな、と自戒している一弥を思案げに眺めていた米原くんが、思いがけないことを聞いてきた。

「明日、何作ってみたいです？」

「へ」

ぽかんとした数秒後に脳内のシナプスが繋（つな）がる。

明日は木曜、第三回料理教室の日だ。

これまでは米原くんたちがメニューを決めていたのに、急にリクエスト式になったことに戸惑う。とはいえせっかくの機会、一弥はひそかに目標にしていた料理を答えた。

「ハンバーグ……って、まだ早い？」

「大丈夫です。あれ、難しそうに見えてじつは超簡単なんですよね」

頼もしい返事にほっとしたけれど、いやいや油断は禁物だと思い直す。米原くんにかかるとほとんどの料理が「超簡単」か「簡単」か「難しくないけど面倒くさい」に分類される。

「ていうかちょっと意外でした。南野さん、あんま肉系が好きそうなイメージじゃなかったんで」

「あ、僕じゃなくて……」

言いかけてはっと口を閉じたけれど、逆に興味を引いてしまった。米原くんが眉を上げる。

「ハンバーグ好きなのは南野さんじゃなくて？」

「…………友達」

小声で答えると、「へえ〜」となにやら訳知り顔でにやにやされた。

「な、なんで急にリクエスト式になったの？」

深く追及されないようにこっちから質問したら、米原くんがさらりと答える。

「メンタル落ちてるときって美味いもん食べたらちょっとは元気になるじゃないですか。好物作って食べたら南野さんも気分がアガるかなって」

「……！」

米原神の気遣いとやさしさのすごさに感激する。ごまかしても神の目には落ち込んでいるのが丸見えだったのだ。

米原神が少し首をかしげた。

「でも、お友達の好きなものだったらリクエストの意味ないですかね。ハンバーグじゃないのにします？」

「いえっ、ぜひハンバーグで！　作れるようになったら食べさせてみたいなって思ってるんで……！」

「そのお友達に？」

はい、と頷いたあとで、うっかり正直すぎる返事をしてしまったけれど大丈夫だろうかとうか。

料理したこともなかったのに友達の好物を作れるようになって食べさせたがっているというのは、普通の人の感覚でアリなんだろうか。気持ち悪かったりあやしかったりしないだろうか。

長い前髪と眼鏡に隠れておろおろ目を泳がせていたら、「じゃあ明日はハンバーグにしましょうか」と米原くんがあっさり受け止めてくれてほっとした。

「ついでにお友達にご馳走するときの献立も考えてみます？」

「……！　よろしくお願いします！」

親切な申し出に力いっぱい頷いたら、翌日の料理教室は東原も巻き込んだ「献立作り」から始まった。

「せっかくいろいろ作れるようになったし、組み合わせて披露したいですよね」

「ハンバーグ好きなら単品の方が喜ばれない？」

「あ、でもカレーも好きだよ」

「じゃあハンバーグカレー？」

「それは安直すぎないかなあ。もっとこう……ハンバーグとカレーのマリアージュを」

「あんまり難しいと作れなくなるよ……」

全員の意見をすり合わせた結果、見た目の豪華さと一弥の調理能力を両立させられるのはホワイトソースを使わない〝なんちゃってカレードリアのハンバーグのせ〟だろう、ということで意見がまとまった。メインにボリュームがあるからスープは省略、口をさっぱりさせるためにピクルス感覚でつまめる胡瓜とトマトとセロリのマリネサラダを添える。

これをご馳走したら、カップ麺しか作れなかったダメ人間の急激な進歩に壮平は目を瞠るに違いない。一弥だって「本当に僕にこんなの作れるんだろうか……」と信じられずにいるくらいなのだから。

とはいえ、一見難解なものも要素に分解するとひとつひとつはシンプルだったりする。手に負えるようになるまで細かく分解し、組み合わせて新しいものを作る。学問の道はすべてに——当然料理にも通ず、だ。

「じゃ、やってみますか」という米原くんの掛け声を合図に、今日は基本のハンバーグを習ったうえで練習を兼ねて試作品を作った。

ちなみにハンバーグは難しそうだと思っていたのに、米原レシピだと「玉ねぎのみじん切りをレンチンして、ひき肉投入して塩胡椒、あればパン粉と牛乳とナツメグも入れて混ぜて、適当に丸くして焼くだけです」と一文ですんでしまう。「味が心配なら焼く前に少しレンチンして味見したらいいし、それでも薄ければソースやチーズでごまかせばいいんです」というアドバイスの力強さよ。

ちなみに東原からは「玉ねぎは飴色になるまで炒めてこそ甘みと旨みが出るよ……絶対そ

うしないと、とは言わないけど。肉は牛百パー、できれば自分でミンチにするのがおすすめ。牛乳に浸したパン粉を入れるのは昔ながらの作り方だけど最近では……（以下長すぎて略）」

という遠慮がちなグルメ的コツと蘊蓄をもらった。

二人の師の指導とアドバイスのおかげで、自分で思っていた以上に試作品は美味しくできた。米原くんたちにも太鼓判をもらう。

「これもうお披露目していいレベルじゃないすか」

「うん。もうちょっとオリジナリティを出してもいいけど……いや、初心者がここまで作れるようになっただけですごいよね。大したもんだよ、南野くん！」

グルメ眼鏡は少々言葉が余計だけれど、それでも認められたのはうれしい。

作り方の勘がにぶらないうちに壮平を誘ってお披露目しよう、とほくほくしながら心に決めた一弥は、さっそくその日の夜、幼なじみのスケジュールを知るべく寝る前に隣室との間の壁をノックした。すぐにノックが返る。

ベランダに出て顔を合わせた。

「いつ暇？」

気がはやって飛び出した言葉に「唐突にもほどがあるね」と笑ったものの、壮平はスマホで予定を確認する。

「急ぎ？　明日、金曜の夜は空いてるよ。あと日曜も大丈夫」

あ、と気づいた。

「……土曜日は彼女さんとのデート？」

「まだ彼女じゃないよ。この前いっちゃんが選んでくれた子と顔合わせのランチの約束があるだけ」

「そっか」

胸の中にもやもやしたものが広がりかけるのを一弥は意思の力で抑え、無視する。やきもちなんかやかない。脇役担当の男なら分をわきまえなくては。

「じゃあ明日の夜、うちに来てくれる？　時間はまた連絡するから」

「お、珍しいね、いっちゃんからのお誘い。いつも俺から押しかけるばっかだったじゃん」

うれしそうな壮平に一弥もうれしくなる。そうだ、友達だからこそこの距離でずっといられるのだ。

「金曜の夜ならいっちゃんも遅くまで起きてられるし、お酒飲めるよね。何か食べたいものある？」

世話焼きな幼なじみのいつもの問いに、唇がほころびそうになるのをなんとかこらえた。

「ないよ。ていうか、手ぶらで来て」

「え……、どういうこと？」

「内緒」

にんまりする口を両手で覆う一弥に、戸惑っていた壮平の表情がふわりとやわらぐ。

「えー、気になるなあ」

「黙秘」

口を覆ったままもごもご返すと「ちぇー」と言いながらも壮平は笑ってあきらめる。

「最近いっちゃん忙しいみたいですれ違ってばっかだったから、明日楽しみ」

手すりに長身をもたれさせた彼が本当にうれしそうで、こっちまで気持ちが浮き立つ。

もっと喜んでもらえるように絶対美味しいものを作ろう、と決意を新たにした一弥は、金曜の夜に壮平を招くまでの段取りを綿密に計算して、実行した。

当日は早めに研究室を出てスマホのメモを見ながら材料をスーパーで完璧にそろえ、気合を入れてキッチンに立った。

まずは材料と調味料を量り、それぞれ望ましいサイズにカットしておく。下準備ができたらあとは化学変化の時間だ。

サラダはカットした野菜をマリネ液に漬けて冷蔵庫に入れたらほぼ完成、続いてハンバーグの種を作る。できた種は冷蔵庫で寝かせて、その間にカレー作り。カレーライス用じゃないので具は小さめに、という先生方からのアドバイスを守って作ったカレーには、ちょっと手抜きだけれどレトルトパックのごはんを混ぜる。それをグラタン皿によそってピザ用チーズをたっぷりのせ、オーブンでこんがり焼いたら「なんちゃってカレードリア」の完成。それから冷蔵庫で寝かせていた肉種をおもむろに取り出し、形を整えて時間を計りながらじっくり焼いたらハンバーグも出来あがりだ。

できることなら出来たてを供したいところだけれど、最優先事項は「失敗しないこと」だ。目の前で調理するなどという高等レベルは最初から狙わず、壮平が来てから最後の仕上げをするというプランを採用した。

すべての用意が整った時点で八時十分前だった。素晴らしい、招待時刻に余裕をもっての完成。僕だってやればできる子……と悦に入ったあとで、大きく息をついて床にへたりこむ。

「よかった、ちゃんとできたあ……！」

同時進行で複数の手順をこなさねばならない料理は、手と頭をフル回転させる格闘技なんじゃないだろうか。めちゃくちゃ疲れた。

でも、充実感はあった。あとは壮平に喜んでもらえたら本望だ。なんなら彼の誕生日にまた作ってあげてもいい。

（あ……、でも誕生日は彼女さんとデートかな）

明日のランチデートで顔を合わせるというマッチングアプリの相手はきっと壮平を気に入るだろうし、基本的に壮平は相手の誘いを断らない。

（だめだめ、僕はただの幼なじみで友達！　壮ちゃんに次の彼女ができそうだからって落ち込むのおかしいから！）

かぶりを振って気を取り直し、カトラリーや飲み物の準備をした。

約束の八時ちょうど、壮平がやってきた。玄関を開けた彼が戸惑いの表情を見せる。

「すごい美味しそうな匂いしてるね。出前でもとったの？」

「美味しそうな匂い」という言葉で一気に気分が上がり、一弥はえへんと胸を張った。

「僕が作りました」

「いっちゃんが……⁉」

期待どおりの反応に、んっふっふ、我ながらあやしい笑みがこぼれる。

「準備できてるから、入って、入って」

衝撃さめやらぬ様子の壮平が頷いて、促されるままにテーブル前の定位置につく。

ハンバーグのせカレードリアをレンジで温め直している間に、冷やしておいたマリネサラダをガラスの器に盛って運んだ。

「ほんとに作ったの……？」

「作ったよ。次がメインです」

マリネサラダと一弥を交互に見ての呟きに堂々と頷き、キッチンに取って返す。

ちょうどレンチンが終わったけれど、急いでグラタン皿に触れたりはしない。試作のときに素手で運ぼうとして注意されたから、火傷しないようにタオルを使って——鍋つかみや料理用のミトンなんて専門用品は持ってない——慎重に壮平のもとへ移動させた。

目を丸くしている壮平はもう声もない。誇らしさで胸がいっぱいになる。

「食べてみて」

「……うん」

まだ戸惑ってはいるようだけれど、促された壮平は頷いてスプーンを手に取った。

まずはハンバーグのせカレードリアからいった。猫舌じゃない彼はふつふつしているチーズとその下のカレーライス、一口大にしたハンバーグをまとめて豪快にひとくち。

ドキドキしながら見守り、無言の彼に焦れて自分から聞いた。

「どう？」

「……うまいよ」

「ほんとに？　なんか、あんまり美味しそうな顔じゃないんだけど……？」

「うまいよ、ちゃんと。普通に。いっちゃんが作ったとは思えないくらい」

「でしょ？　これも食べてみてよ」

複雑そうな顔で微妙に失礼な言い方をされたところでまったく気にすることなく、一弥はちゃんとできていたことにほっとしてサラダを勧める。

カラフルな野菜は少々不格好ながらもだいたい同じくらいのサイズにカットされていて、見た目も悪くない。かりこりといい音をたてて咀嚼し、飲みこむ壮平の反応を期待に満ちた瞳で見つめて待っていたら、ちらりとこっちを見た彼がため息をついた。

「こっちもうまいよ。ごま油と生姜と合わせ酢?」

「うん。すごいね壮ちゃん、食べただけで調味料わかるんだ?」

「これくらいならね」

感心する一弥に少しだけ表情をやわらげたものの、やっぱり複雑そうだ。

「……いっちゃん、これ、習ったの?」

「うん」

「誰に」

「研究室の人と、研究室によく来る人」

「あー……前に言ってた人たちね。東原さんとパン屋でバイトの人。合ってる?」

うん、と頷くと重ねて聞かれる。

「最近遅かったの、これのせい?」

もう一度頷いたら、壮平はほっとしたようなのにいまいち表情が晴れない。

何か失敗してたのかなあ、と心配になって一弥は自分のぶんを食べてみる。

(ちゃんとできてるけどなあ……?)

三ツ星レストラン並みということはなくても、初心者としては十分及第点の出来だと我ながら思う。なのにどうして、壮平はこんな微妙な反応なのか。

驚いてはもらえたものの、その後が思わしくない。できれば「すごいよ、いっちゃん!」

と褒めてほしかったのに……と思うこと自体がおこがましかっただろうか。

（そうだよなあ……、壮ちゃんなんかもっとすごいの作ってくれるのに、僕はちゃんと褒めてなかった……。それなのに自分は褒めてほしいなんておこがましかった、うん）

反省していたら食事を続けながら壮平が聞いてくる。一応、口には合っているようでほっとした。

「いっちゃん、なんで俺に秘密にして習いに行ったの？」

「え……っと、壮ちゃんが知らないうちに作れるようになってたら、驚くかなーって」

「うん、驚いた。でも、なんで急に？　料理習いたいなんて聞いたことなかったよ」

それはそうだ。一弥だって自分のダメさ加減を自覚するまで思ったこともなかった。

でも、壮平が食事を作ってくれるのに甘えきり、何も考えずに生きてきたと知られるのが恥ずかしくてちょっと見栄（みえ）を張る。

「僕もいい年だし、できた方がいいよなとは思ってたんだよね」

「だったら、俺が教えてあげたのに」

どことなくすねたような――少し怒っているような口調を怪訝（けげん）に思いながらも、一弥は幼なじみの面倒見のよさに感心する。

「壮ちゃん働いてるから忙しいじゃん。いいよ、無理しないで」

「べつに無理してなんか……」

壮平が言いかけたところで一弥のスマホにメッセージが届いた。米原くんからだ。

『明日、博士も一緒でいいですか』

「えっ」

彼の言う「博士」は一弥が尊敬してやまない千堂准教授だ。一緒に買い物だなんて恐れ多いけれど、それ以前に。

（千堂先生が買い物している姿なんて想像できない……！）

一弥が知る千堂先生は研究に没頭しているか、論文の指導をしているか、講義をしているかの三択だ。こういってはなんだけれど大学の地縛霊的なイメージがある。

それなのに大学外――しかもあのお洒落(しゃれ)なセレクトショップできゃっきゃうふふとショッピングしていたら、ハワイでサーフィンするイエティ並(な)みの衝撃だ。

波乗りイエティならぬショッピングする天才准教授、見てみたい。

『もちろん』とさっそくＯＫの返事を送ったら、壮平から声をかけられた。

「大丈夫？　何かトラブルだった？」

「ううん。明日の約束がちょっと変わっただけ」

「は」

目を見開いた壮平は一弥が料理を出したときよりも驚いている気がする。どうしたんだろう、と思っていたら、どこかこわばった表情の彼が一弥に向き直った。

「……明日、出かけるの？　もしかしてこれ教えた研究室の人と？」

「う、うん。えっと、研究室によく来る人の方だけど」

察しのよさに驚きながらも違う部分を訂正して「買い物の約束してて……」と続けたら、遮る勢いで次々に質問がきた。

「なんで？　いつの間に俺以外とそんなに仲よくなったの？　ていうかいっちゃん他人にさわられるのダメだよね？　なのに一緒に買い物に行くの？　大丈夫なの？」

「ま、待って待って、一度にそんなに質問されても答えらんない。えっと……、なんでって言われたら僕から頼んで一緒に買い物に行くことになったんだけど、壮ちゃんみたいに仲がいい人じゃないよ。どっちかっていうと神」

「神……!?」

「うん。神と神」

「神と神ってなんだよ……！」

頭を抱える壮平に一弥は真顔で返す。

「僕にいろいろ教えてくれるリア充の神みたいな人と、僕にとって研究の世界での神。リア充の神は……あ、米原くんっていうんだけど、すごくお洒落なお店を教えてくれたんだ。で、千堂先生は前から言ってるように世界的にも有名な天才天文物理学者で、研究の世界の神」

説明に、「ああ、そういう神ね……」と壮平が息をつく。

「ていうか、その米原くんって人、大丈夫なの？　リア充の神とか全然いっちゃんと違うタイプじゃん」

「うん。でも僕たちのこと馬鹿にしたりしない、すごいいい子なんだ」

「……子、ね……」

ふむ、と思案げに呟いた壮平に「写真ある？」と聞かれる。

「ないなあ。撮る機会ないし」

「どんな子？」

やけに「子」にアクセントが置かれているような気がしたけれど、そこにこだわる理由がわからないから一弥は自分が思う米原くんを言葉で描写する。

「経済学部の男子学生。眼鏡はしてない。色白でそばかすがある。そばかすが星空に見えるらしくて、千堂先生が目印のバッジなしで唯一識別できる相手。千堂先生の扱いがめちゃくちゃ上手。優秀で有能」

「格好いい？　可愛い？」

「見た目は外国の少年っぽい感じで可愛いけど、中身は格好いいかも」

「……いっちゃんの恋愛対象になりうる？」

「は」

想定外すぎる質問にぽかんと目と口が開いてしまう。気まずげに目をそらした壮平が言い訳がましく呟いた。

「……や、可愛くて格好いいってなんだよ、って思っただけ。聞いただけ」

「そう……？　えと、とりあえず、恋愛対象にはならないよ」

「そっか」

ほっとしたような壮平にうっかり胸がきゅんとなったものの、論理的に考えると壮平がいまのタイミングでほっとする理由はおそらく「幼なじみの一弥が同性愛者ではなかった」ということだろうからこれは無駄なきゅんだ。

というか、なんできゅんとしちゃったんだろう……と自分でもよくわからないまま、一弥は先の連続した質問のうち答えられていなかった残りに話を戻す。

「さっきの質問、三つまとめたら『さわられるのが駄目なのに一緒に買い物に行って大丈夫なのか』だったよね。大丈夫だよ。友達だからってさわられることなんてそうそうないし、買い物に行くくらい普通のことでしょ」

「でも、いっちゃんいままでは俺以外と休みの日に出かけたことなかったじゃん」

「たしかに」

納得する一弥にもどかしげに壮平が重ねる。

「いっちゃんから買い物に付き合ってくれるように頼んだって言ったよね？　なんで？　俺がいるじゃん。料理だって……！」

「え、えっと、壮ちゃんに頼ってばっかりで悪いなあって思ったんだけど……、ごめん。そんなに嫌な気分にさせるなんて思わなかった……」

しゅん、と肩を落とす一弥に壮平がなんともいえない表情になる。大きく息をついて、かぶりを振られた。

「……こっちこそごめん。なんか、動揺しすぎた」

そこまで彼が動揺した理由が一弥にはわからないものの、壮平からの質問責めが落ち着いてほっとする。

しばらく無言で考え込んでいた彼が、ぽつりと思いがけないことを口にした。

「明日、俺もついてっていい？」

「へ……？　なんで」

「心配だから」

過保護すぎる幼なじみに苦笑してしまう。

「知っている人たちと買い物に行くだけだよ。ていうか壮ちゃん、土曜日はランチデートの約束してたじゃん」

「……デートじゃなくて顔合わせだし。中止にしてもらうからいいよ」

「なに言ってんの。先約を優先する真面目（まじめ）な壮ちゃんはどこに行ったの」

珍しいことを言う幼なじみを叱ったらしぶしぶ引き下がったものの、納得できていないのが表情でまるわかりだ。たしかに一弥には苦手なことがたくさんあるけれど、そこまで心配しなくても大丈夫なのに。

壮平の中で、一弥はいつまでも「彼の知らないところでピンチに見舞われる、守れなかった可哀想な幼なじみ」なのかもしれない。

でも、壮平がそう思ってしまう原因は一弥にある。

ずっと彼に甘え、頼ってばかりいたから、庇護して手をかけてやらねばならない存在だと思わせてしまっているのだ。

そこから卒業するための第一の関門「料理」は一応クリアできたから、第二の関門として明日の買い物も立派にやり遂げてみせよう。ちゃんと変身するのだ。

背筋を伸ばし、一弥は幼なじみを安心させるべく自分の薄い胸を叩いた。

「壮ちゃんがいなくても大丈夫。友達との買い物くらい余裕でやってみせるよ」

ほっとしてくれてもいいはずなのに、壮平はいっそう複雑そうな、どこか痛むような顔になっただけだった。

【5】

一度目より二度目の方が先の予測ができて気楽なものだけれど、お洒落空間での買い物はまったくそんなことはなかった。

（うう、僕こそが雪山にいる裸族……）

もちろん裸ではないけれど、美形かつファッショニスタぞろいのスタッフがフレンドリーに話しかけてくるセレクトショップはそれくらい一弥には場違いで居たたまれない。しかも前回は同族の東原がいたけれど、今回は完全にぼっちだ。

ちなみに、ハワイのイエティになるはずだった千堂先生はまさかの馴染みっぷりだった。

本人はいつもどおりにほぼ無表情、服にもアクセサリーにもまったく興味がなさそうだけれど、なんせビジュアルが抜群にいい。非の打ち所がない美貌に完璧なスタイル、そのうえ米原くんコーディネートの大人カジュアルを纏った姿はもはやプロの男性モデル顔負けの輝きを放っている。太陽と同じく直視は危険。

「買い物にはどれくらいかかりそうなんだ？」

「そんなの事前にわかるわけないじゃないですか。つうか、気乗りしないんなら博士が付き合う必要なかったのに」

「いや。せっかくの休日なのにきみと離れているのは……」

「わーっ、ＴＰＯ！　発言！　注意！」

千堂先生が自発的に雑談をするなんて珍しいことなのに、米原くんは大声で遮って謎めいた単語を羅列（られつ）し、指でバッテンを作る。

「……む、そうだったな。今日は……」

ちらりと千堂先生の目が一弥を見る。眉根が寄って、誰か判別できていないというのがひしひしと伝わってきた。今日はいつものバッジを付けてこなかったせいだ。

尊敬する天才博士の脳に思い出してもらう労力を使ってもらうなんてモブとしてあるまじき失態、慌てて名乗ろうとしたのに米原くんに先を越された。

「南野さん」

「うむ、南野くんがいるんだった。西田（にしだ）くんと迷ってしまった」

「細身っていう以外全然似てないじゃないですか。もー、博士、いい加減にちゃんと覚えないとマジ失礼ですって！」

「そう言われてもな……。南野くんは双子座のα（アルファ）星カストルのバッジを普段は付けていて、西田くんは大熊座のζ（ゼータ）星ミザールなんだぞ。たしかに星としての見た目は似ていないが、

「ちーがーうー！　いろいろ間違ってる！　人類の外見的相違の話をしているのになんで星の話になるんですか」

「それは私が多くの人類の外見的特徴に興味がないせいで……」

「真面目に答えろってんじゃないです！」

かの天才を叱りつける米原くんに一弥は「ひぃぃっ」となるものの、天才ゆえに一般人とは違う世界に住んでおられる千堂准教授は目を瞬き、ふ、と笑う。

「聞いておいて答えるなとは、相変わらずきみはおもしろい」

「博士も相変わらずですよねー」

米原くんも笑う。……どうしたことか、なんだか入っていけない雰囲気だ。

（や、もともと僕は脇役ですし）

きらめく美形と朗らかなリア充男子が生み出す空気の中に入っていく必要はないし、むしろそっと近くに添えられているくらいが落ち着く。うんうん、と自分の立ち位置に満足していたのに、本日の目的が一弥を放っておいてはくれなかった。

米原くんが一着のカットソーを手に振り返ったのだ。

「これとかどうです？」

「ひゃい……っ」

突然スポットライトを当てられたような驚きに声が裏返ってしまったものの、お洒落空間に対する一弥のビビリっぷりを知っている米原くんはからかうことなくカットソーを広げて見せる。

「生地の組み合わせとディテールが凝っててておもしろいし、デザイン的には一見シンプルだから南野さんも抵抗感なく着られると思うんですよね」

「な、なるほど……。お任せするよ」

「んじゃこれを中心にトータルコーディネートさせてもらってもいいすか」

「お願いします」

もともと服が好きだという米原くんは人のものを選ぶのも楽しいようで、新作を見るのは前回の東原のときで満足したのか、今日は店長と一緒になってコーディネートを考えてくれる。普段はサイズだけ見て適当に買っている一弥が「試着は苦手」と打ち明けたことにも配慮してくれて、先に何パターンかコーディネートを考えてから一弥に選ばせ、気に入ったものを試着という流れになった。

米原くんたちが服を選んでいる間、暇になってしまった。

同じく暇を持て余しているはずの准教授はというと、店内のインテリアの一部であるアンティークの椅子に座ってスマホを手にしている。賭けてもいい、あれは天文物理学関係の論文を読んでいる。

スマホを持っている左手の親指以外を動かさない准教授はもはや麗しいマネキンだ。ある意味完璧にこの空間に溶けこんでいる。

（うう、ずるいです千堂先生……！）

できることなら一弥だってマネキンと化したい。けれどもあれは天から与えられたビジュアルあっての同化能力、誰にでもは真似できない。そもそも一弥は自分の外見のヤバさに気づいたからこそ米原くんに自らの改造を頼んだのだ。

（おとなしく服でも見てよ……）

服屋なら服を見ている客がいちばん目立たないはず、と仮説をたて、一弥はマネキンになるのはあきらめて手近なところから見てゆく。

セレクトショップのなんたるかもよくわかっていなかった一弥だけれど、前回の買い物のときにここの店長たちの話を聞いてようやく理解した。

セレクト、すなわち選び出すという単語が意味するとおり、センスのいい人が選んだセンスのいい服や小物などが並んでいるお店なのだ。要するにどこを見てもお洒落。格好いい。センスに満ち溢れた空間。

つくづく自分には似合わない空間だけれど、よく似合う男前も一弥は知っている。

「……壮ちゃん、こういうの好きそう」

思わず呟いて手に取ったのはスカジャンだ。一部にレザーが使ってあって、シックな色合いですごく格好いい。

壮平が着ている姿を想像したら、似合いすぎていて胸がぎゅんとなった。これはぜひ着てほしい。そういえば誕生日プレゼントは「服か本」と言っていた。本にするつもりだったけれど今年は服というのもアリかも。この店のものならお洒落な壮平にもふさわしいし。

そう思って値札を見た一弥は、ひゅっと息を呑んで顔をそむけた。おそるおそる、改めて確認してみる。

「見間違いじゃない……」

普段四桁内に収まる服しか買わない一弥の目玉が飛び出そうな数字がシンプルシックな値札にしれっと印字されている。

さすがはセレクトショップ、選び抜かれたがゆえの堂々たるお値段。毎日着るわけでもない服にこの額を出すくらいならパソコンを買い替えた方が実用的だ。

元の場所にスカジャンを戻そうとしたものの、手が嫌がった。

だってこれは絶対に壮平の好みだし、これを着た壮平は間違いなく世界一格好いい。それに誕生日プレゼントだ。いやまあ、さすがにこんなに高いものをあげたことはないけれど、いつもあれだけ世話になっているのだ。たまには奮発すべきなんじゃないだろうか。

ファッションにうとい一弥にはよくわからないけれど、たぶんこのデザインは流行に左右されないと思う。作りもしっかりしているし、きっと長く着てもらえる。

五年……いや十年もつプレゼントと考えたら、値段割る十で実質的にいつもどおりのプレゼント代といえるのではないか。

脳内で無茶な論理を展開している時点で、心は決まったも同然だ。

戻しかけた手を自分の方へ戻し、しげしげとスカジャンを眺める。うん、やっぱりこれは壮平が着るべき服だ。

日頃の感謝をこめて大奮発したいところだけれど、サイズがちょっと心配だ。

(服って、着てみると見た目と違うことがあるからなあ)

上から羽織るものだから小さすぎるということはないだろうけど、逆に大きすぎる危険性はある。というか、見た目がすでに大きい。一弥が着たらぶかぶかで、きっと指先さえ出ない。とはいえ壮平と一弥は身長も体の厚みもだいぶ違う。

大奮発するからには失敗がないように試着してほしいところだけれど、ここに壮平はいないし、できれば誕生日当日にびっくりしてほしい。

どうしたものか……と悩んでいた一弥の目が、素晴らしいマネキンを発見した。

「千堂先生……！」

目測したところ、スタイル抜群の准教授は幼なじみと同じくらいの身長、体格だ。運動好きの壮平の方が若干がっちりしてはいるものの、二人とも素晴らしいスタイルだから人体の理想形として近似値を出しているのに違いない。

集中すると外界をシャットアウトしてしまう准教授だけれど、タイミングがいいことに論文を一本読み終えて現実世界に戻ってきたところだった。

おそるおそる試着をお願いしたら、「いいぞ」とあっさり着てきた麻のジャケットを脱ぎ、スカジャンを羽織ってくれた。

よかった、サイズはぴったりだ。ただ――。

「博士、スカジャン似合わないっすねえ」

一弥が飲みこんだ感想を米原くんが放った。親切なるマネキン先生が自らを見下ろす。

「似合わないか」

「全然じゃないですけど、あんま似合わないです。博士って正統派の超美形だからエレガントな方が似合うんですよね。俺がこういうひらひらのついたシャツ着てたら似合わないみたいなもんです」

手近にあったブラウスっぽいシャツを当てながらの米原くんの説明に、彼をまじまじと見た准教授は不思議そうに首をかしげた。

「似合っているぞ」

「は」

「似合っている。そもそも実里(みのり)くんは何を着ていてもとても……」

「あーっ、そうそう、そういえば博士って服にあんま興味ないんですもんね！　ていうかそれ、なんで着てみようって思ったんです？」

またもや発言を遮っての質問に、千堂先生に余計な労力を使わせないためにも一弥は急いで口を挟んだ。

「ぼ、僕が頼んだんだ。友達の誕生日プレゼントにいいなって思って、着た感じを見たかったから……」

「え、それ、見るからにめっちゃ高いですよね」

目を丸くした米原くんは常連だけあって値札を見なくても価格帯がわかるらしい。友達にあげる値段じゃないんじゃ……と言われた気がして、目を泳がせながら言い訳する。

「えっと、すごくお世話になってるから……」

「へ～、こんなんもらったらうっかり惚れちゃいそうですよね。めっちゃ格好いい」

「きみも気に入ったのか？　じゃあ……」

「あ、俺はいらないです。サイズ合わないし」

「小さいサイズもありますよ～」

すかさず入ってきたのは前回東原の「店長とぜんぶ同じで！」という無謀を見事に阻止したスタッフくんだ。見るからにコミュ強な彼は商売もうまい。

「見せてもらうか」

「や、いいです」

「何故(なぜ)」

「だってそれ、俺も買ったら南野さんの友達とおそろいになるじゃないですか」

千堂と一弥が同時にはっとする。

「……私も買おう」

「いやいや、博士はスカジャンよりエレガント系がいいって言ったじゃないですか。つうか身近に同じ服着てる人がいたら着づらくなるし」

「そういうものか？」

「俺はそうです。てことで、いらないです」

きっぱり言い切った米原くんは再び一弥の服選びに戻る。一方で一弥はちょっと誘惑にかられていた。

（壮ちゃんとおそろい……）

ふらふらとサイズ違いを出してもらいそうになったものの、スカジャンの試着をしてくれている准教授の姿に我に返った。

これほど恵まれたビジュアルでも似合う服、あまり似合わない服があるのだ。一弥ごときに着こなせるはずがない。

というか、そもそもが二着も買える値段じゃない。自分のぶんまで買おうものならこれからしばらくパンの耳生活を余儀なくされ、壮平に無駄な心配をかけてしまう。危なかった、好きな人とのペアコーデという誘惑に引っかかってしまうところだった。

ともあれ、准教授に試着してもらったことでサイズはばっちりなことがわかったし、千堂にはいまいちでも壮平には間違いなく似合う。

自分のためなら本以外で絶対に出せない金額を出す決意を固めた一弥は、マネキン先生がスカジャンを脱ぐ手伝いをしながら感謝する。

「ありがとうございました。おかげでサイズ感がよくわかりました」

「うん」

麻のジャケットを渡すと、それを羽織った千堂先生がふと眉根を寄せた。めったに表情を変えない准教授の珍しい表情に、何か失礼をやらかしてしまったのかと一弥は青くなる。

「ど、どうかしましたか」

「外に不審者がいる」

「え」

一弥と同時にスタッフくんも声をあげ、ぱっと准教授の視線の先に目をやった。

表通りに面した大きなウインドウ、その端の方にあった黒っぽい影がさっと動いて消える。一瞬すぎて顔はわからなかったものの、外から店内をのぞきこんでいたようだ。

ぞわ、と背筋に不安が走った。けれどもすぐに腹式呼吸をして平静を取り戻し、両脚を少し開いていつでも動けるように一弥は心構えをする。

何も知らず、体も小さかった昔とはもう違う。自分よりずっと大きくて重たい筋肉質な壮平でさえ、やろうと思えばいまは投げ飛ばせるのだ。いざとなれば店内の人たちを自分が守ろう、と目立たない脇役でいたいという気持ちも忘れて決意した。

しかし不審者はもう姿を現さない。警戒しているのか、それとも……。

「入るかどうか迷ってたお客さんだったんでしょうか」

「いや。明らかに一点を凝視していた。迷っているなら視線が動くだろう」

一弥の希望的観測を准教授が否定する。と、スタッフくんが「あー……」となにやら納得したような声をあげた。

「もしかしたら店長のファンかもです。ときどきいるんですよ、店には入ってこないで外からガン見してたり、一方的にプレゼント置いて行ったりするのが。うちの店長、加工なしで二・五次元美形なんで男女問わずモテるんですよね～」

セールもしてないのに急に来店者数が増えたと思ったら、隠し撮り写真をＳＮＳでアップされていたというのはよくあることだという。

「店長がいるだけで広告になるのはいいんですけど、どうせならがっつり買い物してってほしいですよね～。見物料とりたいくらいですよ」

おしゃべりなスタッフくんが笑って愚痴るけれど、一弥は笑えない。どうしても黙っていられずに口を開いた。

「……あの、見物料とかの問題じゃないと思います。店長さんが目がつぶれそうな美形っていうのは事実ですけど、そういうの抜きにしても接客業は不特定多数の人に愛想よくしないといけないから常識のない輩に狙われる確率が高いですし、実際に不審者がうろついているんなら絶対に防犯対策が必要です。何かあってからでは遅いので」

思いがけずに強い口調になったせいかスタッフくんがぽかんとした。イケメンらしからぬ表情に我に返った一弥は居たたまれなくなる。

「す、すみません……っ。余計なお世話ですよね」

「あ、いや、大事なことっすよね。おにーさんから叱られると思ってなかったんでびっくりしましたけど」

「し、叱ったわけでは……っ、すみません」

「わ〜、そんな謝らないでください。つうか、そういう関係の仕事してるんですか？　詳しそうでしたけど」

朗らかなスタッフくんの問いかけにかぶりを振る。けれども防犯と護身については過去の事件をきっかけに気にするようになったから、多少詳しいといえるかもしれない。自分の知識が役に立つなら、と一弥は不審者対策について語りだす。

ダミーの防犯カメラにもそれなりの抑止効果はあるけれど、可能なら録画機能のある防犯カメラを外と中、両方につけた方がいいこと。スマホに防犯用アプリを入れておくこと。一人歩きのときは念のために武器になるもの——傘や安全ピンなどを持つようにして、室内なら振り回しやすい椅子や投げやすい物体の位置をチェックしておくこと。体の使い方で相手をいなせる合気道は非力な人にもおすすめということ。普通に生活していたら人を攻撃したり大声を出したりすることがなく、いざというときに固まってしまいかねないから防犯訓練としてときどき護身の動きと声出しの練習をしておいた方がいいこと……などなど。

さすがに接客業だけあってスタッフくんは相槌が上手で、途中で一弥は自分がしゃべりすぎていることに気づいて焦りだす。なんとか話を終わりにもっていこうと頑張った。

「な、何もないのがいちばんなんですけど、備えあれば……っていいますし、ぜひ。すみません、オタクなんで説明しだすと止まんなくて……！」

「え～、なに言ってるんですか、めっちゃ勉強になりましたよ。店長にも伝えます！」

「よ、よろしくお願いします……」

「なんでおにーさんが『よろしく』なんですか。防犯グッズのセールスマンでもないのに。やばい、なんかこの人おもしろい」

スタッフくんがげらげら笑いだす。彼のような人に「おもしろい」なんて言われたら想定外すぎてどうしたらいいのかわからない。おろおろしていたら店長がやってきてスタッフくんを叱った。

「こら、なに大笑いしてるの」

「すみませ～ん。でも店長、聞いてくださいよ。このおにーさん、やたらと防犯に詳しいしおもしろくって」

「お客様にそういう態度とらないの。……すみません、うちのスタッフが失礼しました」

キラキラ麗しい店長に謝られて一弥は慌ててかぶりを振る。失礼だとは思わなかったし、むしろ二回目の「おもしろい」をもらって頭の中はハテナマークでいっぱいだ。何もおもしろいことは言っていないはずなのに。

でも、人の価値観はそれぞれだ。なんのおもしろみもない自分を「おもしろい」と感じる人がいてもおかしくない……と納得しかけたのに、思わぬところからスタッフくんの賛同者が現れた。まさかの米原くんだ。

「たしかに南野さんおもしろいですよね。最近一緒にいる時間が増えて気づいたんですけど、控えめなふりして何気にキャラ濃いんですよね～」

「濃い……⁉」

この僕が、と一弥は眼鏡の奥で目を瞬く。極薄だと信じてきた自分のキャラがキラキラした人たちによって却下されている。信じられない。この脇役Dのいったいどこが濃いというのか。

「いやもう、見た目から。顔がほとんど見えないって逆にキャラ立ちしてますよ」

「合気道もできるんですよね？　盛(も)ってきますね～」

「防犯知識がすごいっていうのもドラマだったらシリアスな過去編がありそうです」

なんと店長まで参加してきた。どれも一弥以外の話じゃないのに、彼らの口から出てくると脇役じゃなくちゃんと主役っぽく聞こえる。

——脇役だって、視点を変えたら主役じゃん。……いっちゃんだってそうでしょ。

以前壮平に言われた言葉をふいに思い出した。

あのときは「傍観者でいたい」と返したのに、どうしてだかいまは自分が主役になる人生の可能性を全面放棄したいと思わなかった。

(なんでだろう……。さっき不審者がいるって言われても、対抗できる気がしたから……?)

逃げずに立ち向かえる気がしたし、一方的に脅(おびや)かされたくないとも思った。

トラウマとは過去の一点に縫い留められ、何度も立ち返ってしまうものだという。一弥の場合は身体的には深刻な被害を受けることなく、壮平をはじめとする周りの庇護と協力のおかげもあって時間がたつにつれ思い出さなくなったけれど、心の奥底には自分の無力さへの恐怖、理不尽な世界への警戒がずっと残っていて目立つことを忌避する性格を形成していた。傍観者……つまりは「安全なポジション」に固執するようになっていたのだ。

それなのにさっきは「いざとなったら店内の人たちを自分が守ろう」と思えた。

さっきの不審者出現は実害すらない些細(ささい)な一瞬だったのに、ただ怯(おび)えるだけじゃなく自ら対処する気構えをもてたこと、実際にそれができる力があること、過去に蓄積した知識で感謝されたことで、何かが変わった。幼い一弥をいまの一弥が救ってやれたのかもしれない。

不思議な感慨を覚えるものの、いまの仮説の証明はできないし、本当に自分が変わったかどうかもわからない。

というか、そもそも今日は現実的に自分の見た目を変えるためにここに来たのだった。

思い出した一弥を米原くんが試着室前に連れてゆく。

「どれがいいです？」

ずらりと並べられたのはフルセットのコーディネートが三種類だ。トップス、ボトムス、アウター、靴、帽子、ストール、アクセサリーなどが、それぞれに違うイメージで組み合わせられている。

「爽やか、癒やし系、少しやんちゃ風をイメージしてみました」

「気に入ったアイテムがあれば、それを中心に別なスタイルの提案もしますね」

着てみたいコーデを選べと言われても、トライしやすそうなふりをしてどれもさりげなくめちゃくちゃお洒落だ。これを着こなせるのは選ばれし者のみなんじゃないだろうか。

おそるおそる一弥は申告した。

「選べない、の、ですが……」

「オッケーです。じゃあこれがイチオシなんで着てください」

返事を見越していたらしい米原くんがひとつのコーディネートを渡してくる。そうして、

「着替えたら一回見せてくださいねー」という言葉と共にフィッティングルームに押しこまれた。

広くて綺麗な空間に、まさかこんなところまでハイセンスとは……と、別世界感にため息をつきながら着替えた一弥は、全身が映る三面鏡内の自分の姿に眼鏡の奥で目を見開いた。

「おおお……、僕が着てもお洒落……！」

トップスは白地に爽やかなブルーがアクセントになっている、生地に切り替えがあるカットソー、上からグレーのロングカーディガン。細身のパンツは黒で、ポケットの折り返しがグレーと白のストライプになっている。艶のある革靴は先に向かって少し細くなっていて、パンツと色が一続きになっていることで脚がびっくりするほど長く見える。最後にシルバーの細いバングルを手首にはめたら、一弥史上最高のファッションモンスターが完成した。

「えっと……、どうかな」

おずおずと試着室から出て行くと、米原くんたちが新人モデルを目の前にしたプロデューサーさながらにあごに手を当てて思案げに目を細めた。

「サイズ感はいいいし、スタイル的にはバッチリですけど、髪型がアウトっすね。ちょっと分けましょうよ」

「眼鏡も変えた方がいいですね」

「えっ、わ、ちょ……っ!?」

両サイドからのびてきた手にぎょっとして後ずさり、慌てるあまり自分の足に引っかかって試着室の床にころがってしまう。

「南野さん⁉」

「す、すみません、僕、さわられるの苦手なんで……！」

助け起こそうとしてくれている手を懸命に避けながら打ち明けると、「やっぱキャラ濃いですね」とおかしな感心をされてしまった。

「前もって何するか言ってもらったらまだ大丈夫なんですけど、すみません……」

せっかくセンスのいい服を着せてもらったところで中身がこれじゃ台なしだなあ……と自己嫌悪に陥りつつ勧められたアンティークの椅子に座ると、プロデューサーたちに改めてじろじろと眺め回された。

「前もって言ってからさわるのが大丈夫なんだったら、ちょっと眼鏡と髪やらせてもらってもいいですか」

「え……あ、はい……」

本当は嫌だけれど、試着室の鏡で見たときに「首から下はお洒落だけど、頭部にやっぱり違和感があるなあ」というのは自分でも感じていた。少しでもマシになるならと頷く。

髪で遊ぶのが好きだというスタッフくんがワックスを手に目の前にやってきた。

「眼鏡はずしてください」

「はい……」

指示に従って眼鏡をはずすと、ぼさぼさの長い前髪の隙間から見える世界の解像度が一気に落ちた。ぼんやりとした色の塊ばかりになる。

「前髪、さわりますね」

「……はいぃ……」

「いやそうっすねえ。大丈夫ですよ、おでこに第三の目とか描かないですから」

横からの米原くんの冗談に笑う余裕もない。ガチガチに緊張して幼なじみ以外に髪をさわられるという非常事態を一弥は我慢する。

前髪を持ち上げられたときに、ぎゅーっと顔をしかめてしまったのは仕方ない。いつもは感じない光量にすぐには馴染めないし、普段隠している顔を壮平以外の前で丸出しにするのはなんとも恥ずかしい。

「……あれ?」

髪をさわっているスタッフくんが戸惑っているような呟きを漏らした。おでこにニキビでもあったのだろうか。やっぱり顔を出すのは嫌だなあ、とそらしたくなるのを我慢していたら注意される。

「あの、顔しかめないでくれます?」

「す、すみません……」

「ゆっくりでいいんで、普通にしてください」

うう、とうめいたものの、スタッフくんが前髪をサイドに流したり、ワックスを付けた手でなにやら毛先をちょいちょいと弄っている間に一弥は意識してしかめっつらをゆるめてゆく。

「あ、やっぱり。うわー、漫画だコレ」

ぶつぶつと楽しそうに呟いているスタッフくんのひとりごとは謎めいている。間もなく手が離れた。

「っし、できた。目ぇ開けてください」

おそるおそる、一弥はまつげを上げてゆく。眼鏡がないから見える世界の形は曖昧だ。

「うわああ、やっぱり漫画！　ちょ、見てくださいよコレ！　大変身！」

手を引こうとしたスタッフくんにびくりとすると、一弥がさわられるのが苦手だと思い出した彼に「立ちましょう」と促された。「右向いてください」の声に従うと、ぼやけた人型たちが歓声をあげる。

「うわ、南野さんすごい美人じゃないすか！」

「ほんとに……！　スタイルいいなあって思ってましたけど、このまま宣伝に使いたい仕上がりですね！」

「この顔隠してんのもったいないですよね～！　いやもう劇的ビフォーアフター！」

やんややんやと盛り上がられても眼鏡がない一弥に自分の姿は見えない。髪型ひとつでそこまで変わるとは思えないし、額が涼しくて落ち着かないだけだ。

困惑していた一弥は、はたと気づいた。

（あ、そっか。店長さんたちは褒めるのもお仕事だ）

つまりこの称賛はリップサービス。僕なんかにもこんな大絶賛をくれるなんてありがたいなあ……と感激してしまう。

米原くんはお店の関係者じゃないけれど、友達が多そうだから褒め上手なのだろう。さっき千堂准教授のスカジャンには「あんま似合わない」とズバッと言っていたけれど、褒め上手であることと正直であることは矛盾しない。おそらく一弥が「ちょっとマシ」になったのを百倍、いや万倍にして褒めてくれているのだ。

自分なりに納得して、一弥はどんな頭にされたのか確認するために眼鏡をかける。

（うん、やっぱりおでこが見えてる以外はそんなに変わらないな）

そう思った矢先、米原くんたちが頭を抱えた。

「ああ～……、その眼鏡やっぱ駄目ですって」

「一気にグレードダウン……」

「俺、何か見繕（みつくろ）ってきます！」

言うなりスタッフくんが小物が並んでいるケースにすっ飛んでいった。目を瞬いている間に戻ってくる。

「とりあえず、このへんでどうですか」

差し出された眼鏡はもちろんファッション用、度の入っていない伊達眼鏡だ。これをかけたところで一弥の視界は裸眼と変わらないのだけれど、米原くん、店長さん、スタッフくんの無言の圧力を感じてひとつ試してみる。

「あ〜、こっちのがかなりマシですね」

「ほんとは眼鏡ナシで、コンタクトでこの顔をオープンにしたいですよね」

「わかります〜。普段眼鏡の人がはずすとなんか物足りない感じがしますけど、南野さんはそのままでいきたい美人っぷりですよね〜」

「コンタクト！　コンタクト！」

「すみません、コンタクト苦手なんです……」

コンタクトコールにおそるおそる返したら、「あああ……もったいない」と本当に残念そうに言われてしまった。なんだか申し訳ない。

眼鏡をはずすとちゃんと見えないから自分の変化はわからなかったものの、もっとフレームが目立たない、似合う眼鏡に買い替えたら正式に「眼鏡男子」デビューできると保証された。とりあえずいまは長年愛用の黒縁眼鏡で「服と髪だけお洒落な、やたらと目立つ眼鏡をかけた男子」というポジションに留まる。それでも一弥にしては大きな進歩だ。

すべてのコーディネートを試したあと、米原くんたちの意見も聞いて最初のセットの購入を決めた。このまま着て帰れるようにと店長がタグを切ってくれ、お洒落男子モード（眼鏡を除く）で会計をすませる。壮平の誕生日プレゼントと合わせたら目玉が眼鏡のレンズを割って飛び出してしまいそうな額になったけれど、これは必要な投資だ、と自分に言い聞かせて思いきった。

スカジャンの試着後はスマホで論文を読むマネキンと化していた千堂先生を米原くんが現実世界に呼び戻して、店長とスタッフくんに見送られて外に出る。いつもは長い前髪が遮ってくれる日差しがダイレクトでまぶしい。額がすうすうして落ち着かない。早くもいつものもさもさに戻りたい気持ちが芽生えてしまったけれど、幸か不幸か両手は壮平の誕生日プレゼントと着てきた服やスニーカーが入っているショップバッグでふさがっているから家に帰るまでは我慢だ。

念のために不審者がいないか見回したけれど、特に怪しい人影はなさそうだった。土曜の午後、買い物やデートを楽しんでいる人たちが目立つ。

デート、という単語で壮平のことを思い出した。

（どうせなら、壮ちゃんにもちょっと見てもらいたかったな）

こんなにバッチリ髪型まで仕上がっている状態は二度と復元できないだろう。壮平は一弥の額を気に入っていると言っていたから、この格好を見たら褒めてくれたかもしれない。

（いや、褒めてもらうために変身したかったわけじゃないけど……！）

慌てて甘えた思考を訂正する。そもそも壮平と一緒にいても彼に恥をかかせないですむようにマシな外見になりたかったのだ。そのために米原くんの休日までもらってしまった。予定外に千堂先生のも。

ここはちゃんとお礼をせねばと、一弥は二人を振り返ってぺこりと頭を下げた。

「今日はありがとうございました。お礼にお茶でも……」

「不要だ。帰るぞ、実里くん」

にべもなく言い放った准教授に米原くんが抗議の声をあげた。

「えー、俺、喉渇きました」

「……わかった。どこに行く？」

「駅ナカのカフェとかどうです？　前から気になってたんですよね～」

「わかった」

お礼ができることになってほっとする。と、米原くんがさりげなくウインクをくれて、いまのは彼の気遣いだったのだとにぶい一弥も悟った。

（さすがは米原神……！）

両手が荷物でふさがっていて拝めない代わりに心の中で五体投地した。

目的のカフェに向かって歩きだしたら、准教授が抜群のビジュアルの持ち主のせいかやたらと人目が集まってきた。ときどき自分も見られている気がするけれど、それは慣れない服を着て、前髪をサイドに流されたことでいつもは出さない額を出していることによる自意識過剰に違いない。

普段は駅ビルで買い物をしない一弥は人の多さや店舗の華やかさに圧倒されるものの、同伴者たちの足取りに迷いがないから不安もない。親のあとをついてゆく雛(ひな)鳥状態で二人を追いかけていたら、書店の前を通りかかった米原くんが「あ」と足を止めた。

「すいません、ちょっと待っててもらっていいですか。じいちゃんが欲しがってた本がそこに見えたんで」

彼が指さしたのはディスプレイウインドウ、ずらりと雑誌や本が並んでいる。一弥の視力では眼鏡をかけていてもよく見えないけれど、西洋の食文化をテーマに紹介しているコーナーがあるようだ。

「付き合おう」

書店に足を向けようとする准教授を米原くんが止めた。

「いえ、待っててください」

「何故」

「博士、気になる本見つけたら読むし、読みだしたら集中しますよね？」

にっこり、若干圧力を感じさせる笑顔の確認に准教授が無言になる。図星だからだ。

「すぐ戻るんで、そこのソファに座って待っててください」

「……わかった」

書店に駆けてゆく小柄な後ろ姿を見送る准教授の表情はほとんど変わらないのに、「待て」を命じられた大型犬があとを追いたそうにしているように見えて一弥は目を瞬く。気のせいだろうか。気のせいだろう。あの千堂先生が大型犬に見えるなんて慣れないキラキラ空間での買い物で自覚している以上に疲れたに違いない。

米原くんが勧めてくれたソファに座っていよう、と一弥は荷物をおろして円形のソファベンチに腰掛ける。一メートルほど離れたところに准教授が座った。

（……そういえば、千堂先生と二人きりになるのって初めてだ）

研究室には常に誰かいるし、大学外で会うことがないし、今日はプライベートだけれど米原くんも一緒にいた。尊敬する相手だけに緊張する。

とはいえこれは、じっくり話を聞ける貴重なチャンスだ。

「あの、先日査読をお願いした論文についてなんですが……っ」

思いきって切り出したら、研究以外ほとんどのことに興味がない代わりに研究に関しては人一倍熱心な天才の切れ長の瞳がキラリーンと音がしそうに光った。

研究オタクが二人、最新論文の疑問点について話し始めればここが駅ビル内の広場であることなどどうでもよくなる。一メートル近くあけていたはずの距離は話がヒートアップするにつれどちらからともなく詰まってゆく。

「……つまり、この論文を参照するとＮＡＳＡの見解としては宇宙の端はこれまでの膨張説を覆すに値する計算式が……」

「あ、これですね」

准教授のスマホをのぞきこんだら、頭がぶつかりそうになった。同時に鋭い声が響く。

「いっちゃん！」

「え……？　あれ、壮ちゃん……？」

馴染み深い声、呼び方に顔を上げた一弥は、つかつかと向かってくる長身の男性——壮平の姿に目を瞬く。その表情はいつになく険しい。

「どうしてここに……？　デートは？」

「断った」

端的に答えて、壮平が准教授に鋭い目を向ける。

「ていうか誰、この人」

「ちょ……っ、失礼な態度とらないでよ、僕の尊敬する千堂先生に！」

「……この人が千堂先生？　マジかよ、じーさんだと思ってたのに……」

呟いた壮平の眉間が寄る。准教授が若かろうがご高齢だろうが彼には何の関係もないはずなのに、ショックを受けている様子なのが謎すぎる。

「ていうかさ、なんでそんな距離近いの」

「なんでって……」

突然の登場をまだ受け止めきれていないのに、彼らしくない態度、不機嫌そのものの問いの内容も唐突で頭が回らない。千堂先生は研究以外に興味がなくて一弥の個体判別すらまともにできないから逆に安心で……と説明をなんとかまとめようとしていたら、ふいに隣で動きがあった。

すくっと立ち上がった准教授が書店から出てきた米原くんに手を挙げて合図する。駆け寄ってきた彼が一弥と壮平を見比べて、戸惑った顔になった。

「何があったんすか」

「わからん」

興味もない、と言いたげな准教授に代わって一弥が説明する。

「えっと、千堂先生とここで米原くんを待ってたら、幼なじみの壮ちゃん……あ、彼は本郷(ほんごう)壮平っていうんだけど、が今日はデートのはずなのに現れて、なんか怒ってて、千堂先生との距離の近さを問われてたとこで……」

頑張ってみたけれど動揺しすぎていてたどたどしくなってしまった。

ふむ、とあごに手を当てた米原くんに目を向けられて、壮平は気まずそうに視線をそらしながらも軽く会釈する。苛立(いらだ)っているのに話の腰を折られて、かといって初対面の大学生の前で続きもできずに気持ちのやり場がないみたいだ。

「南野さんの幼なじみって、もしかして例のお友達ですか」

自分を変えたいと願うきっかけになった「友達」のことだ、と理解して頷くと、「あー……、なんかわかったかもです」と米原くんが壮平を見上げた。

「違ったらすんません。さっきの店で博士が気づいた不審者って、本郷さんですよね？」

「えっ」

声をあげたのは一弥だ。まさかそんな……と見上げると、壮平は目をそらしたまま低く呟くように答える。

「……不審者になるつもりはなかったんだけど」

まさかそんな。

「見てるだけのつもりだった、と？　なんのために？　本郷さんはご自分のデートを断って南野さんを尾行してたんですよね」

ずばりと斬り込む米原くんに、あきらめたように息をついて壮平が頷いた。

「デートじゃなくて顔合わせだったけどね。ゆうべのうちに謝罪して断っといたから一応ドタキャンでもないし。俺以外と買い物に行くいっちゃ……一弥なんか初めてで、心配だったから」

呼び捨ての慣れなさに心臓を跳ねさせながらも、過保護すぎる幼なじみに一弥は苦笑する。

「大丈夫だって言ったのに。僕だってもう子どもじゃないし」

「わかってるよ。でも、心配なものは心配なんだよ」

頑なな壮平に、米原くんの表情に確信の色が浮かんだ。

「それ、ただの『心配』とは違うっぽいですよね」

「……うん？」

米原くんと壮平の視線が交差する。わずかな時間で二人は無言の対話をやってのけたようだ。お互いになにやら納得顔になる。

「あんまり野暮なことは言いたくないんで黙っときます」

「……どうも」

二人だけで通じ合っているなんてずるい。なんだかもやもやして割って入りたくなってしまう……と思ったら先を越された。

「実里くん」

千堂先生だ。急に不機嫌になった美形の圧力たるや、視線で壮平にブラックホールを開けてしまいそうだ。尊敬する師とはいえ壮平も大事で、好きな人を守るために一弥は今度こそ思いきって割って入ろうとした。が、脇役の宿命かまた先を越される。

「はいはい、博士、帰りましょう」

「えっ、あの、お礼のカフェは……？」

突然予定を翻した米原くんに戸惑うと、すでに准教授と歩きだしていた彼が肩ごしに振り返って軽く手を振った。

「また今度、学校でなんかおごってください。馬に蹴られるのはパスしたいんで」

「馬……？」

それはまさか恋路がどうこうとかいうあの馬だろうか、ということは一弥の片想いの相手がバレたということだろうか、そもそも一方通行でも使うのかな……と困惑している間に彼らはどんどん遠ざかり、壮平と二人きりで残される。

「いっちゃん」

振り返って見上げると、じっと壮平に見つめられた。ちゃんとセットされた髪からピカピカの靴の先まで視線が往復する。

精いっぱいのお洒落をどう評されるのかドキドキしながら待っていたら、はあ、と心底無念そうに彼が嘆息した。

「……いっちゃんが、いっちゃんじゃない」

「へ」

「俺だけのいっちゃんだったのに……」

「え、えっと、似合って、ない？」

低すぎる呟きが聞き取れずに、みんなには好評だったんだけどな……と一弥が不安げな顔でおろおろすると、眉間を寄せた壮平がかぶりを振った。

「似合ってるよ。めちゃくちゃ似合ってるし可愛いしスタイルのよさがよくわかるしお洒落だし可愛いし最悪だ……」

可愛いが二回入っているうえにぜんぶ褒め言葉、なのに最悪で締められたらどう受け止めればいいのかわからない。表情も褒めるときのやつじゃないし。

困惑していたら、大きく息をついた壮平が一弥の荷物を持った。

「とりあえず、うちに帰ろう。ちゃんと話したい」

「う、うん」

壮平の意向でタクシーで帰路につく。道中、なにやら考え込んでいる様子の壮平はずっと無言で、緊張してしまう。大好きな幼なじみと一緒にいるのにこんなに落ち着かない気分になったのは初めてだ。

やっとアパートに着いたときにはほっとした。一弥が財布を出す前に支払いを済ませた壮平は、無言で荷物を持って一弥の部屋に向かう。

壮平が荷物を置いている間に習慣的に手洗い・うがいをすませた一弥は、彼が洗面所にやってきたのと入れ替わりでキッチンに向かった。グラスにふたつ麦茶を用意して、居間のテーブルに置く。念のために筆記具も用意した。

正座で待っていたら壮平が戻ってきて、数回目を瞬いてふっと笑った。

「もしかしてそれ、会議用のセッティング？」

「うん。壮ちゃんが『ちゃんと話したい』って言ってたから」

「そっか。いっちゃんぽい」

やっと表情をやわらげた壮平にほっとしている一弥の近くに彼が座る。麦茶をひと息で飲み干してから、じっとこっちを見つめた。

「でも、いまの見た目はいっちゃんぽくないね。似合ってるけど」

今度は「似合ってる」のフォローをもらえたものの、やはり反応はいまいちだ。

「僕らしくないのが、壮ちゃんは嫌なんだ？」

「嫌じゃないよ。……いや、やっぱり嫌なのかな」

矛盾した返事に戸惑うと、壮平が自嘲的な口調で続ける。

「俺だけのだったのに、と思うと嫌なんだ。でも、それが俺の我儘なのはわかってるし、綺麗にしているいっちゃんを見るのは悪くない。なのに、そんな風に変身させたのが俺じゃないのは悔しいし、やっぱり俺だけが知っていればいいのにって思う」

「……ごめん、要旨がよくわかんない」

せっかく説明してもらったのに、と眉を下げる一弥に壮平が笑う。

「うん、俺も変なこと言ってるのわかってる。……ていうかさ、いっちゃん、最近どうしたの？　いままで友達付き合いとか全然なかったのに急に活発になって、俺より優先するようになったり、料理や服に興味持ち始めたり、顔出すのだって嫌がってたのに急にそんな風にしたり……まさか、好きな子でもできた？」

うかがうような視線に内心でドキリとしたけれど、反射的にかぶりを振る。嘘はついていない。好きな人はずっと前から壮平で、最近「できた」わけじゃない。

ほっとしたように息をついた彼が少し身を乗り出してくる。

「じゃあなんで」

「えーと……、壮ちゃんに言われてた部分を改善しようと思って、かな」

「俺に？　何か言ってた？」

「見た目に気を遣えっていうのと、自分のことは自分でできるようにっていうの」

具体例を挙げたら、壮平が「あー……」と低くうめいた。

「たしかに言ってたけど、いっちゃんこれまでは本気にしてなかったじゃん。ていうか、自分でできるようになれなんて言ってない。むしろ俺がしてあげるって言ってた」

そうだっけ、と思い返してみたら、たしかにセルフケアや家事をおろそかにする一弥を心配してくれてはいたものの、「自分でやれ」と言われたことはなかった。むしろ積極的にお世話してくれていた。

そんな彼に甘えすぎていると思ったから、一弥は自分が変わるべきだと思ったのだ。なのに変わらなくていいといわんばかりの反応に戸惑ってしまう。

「いや、そういうわけにも……。壮ちゃんはすごく僕の面倒をみてくれるけど、ずっと一緒にいられるわけじゃないし」

「いっちゃんがそうしてほしいって言ったら、ずっと一緒にいるよ」

ものすごく真剣な眼差しで、真摯な声で告げられて、心臓が大きく跳ねた。そのまま落ち着かなく跳ね回りだしたけれど、どうせこれはいつもの冗談だ。真に受けるだけ無駄だと自分に現実を思い出させてなんとか言い返す。

「なに言ってんの。僕はともかく壮ちゃんはそのうち結婚するだろうし、そしたら僕のことなんかかまっていられなくなるよ」

「そんなことないよ。俺、結婚しないし」

「めちゃくちゃモテるくせになに言ってんだか」

「いつもフラれてるじゃん」

「……そういえばそうだね」

思わず納得した一弥に壮平が重ねて打ち明ける。

「フラれるのも当たり前なんだよね。俺、自分から好きになって付き合った子っていないから。ぶっちゃけ、いっちゃんに怖がられないように『彼女持ち』ってポジションにしておいた方がいいかなって思ってただけだし」

「……は」

壮平の言っていることがちょっとよくわからない。たしかに自分から積極的に彼女を求めていないのは知っていたけれど、それが「一弥に怖がられないため」というのはどういうことだろう。

困惑している一弥を緊張を湛えた瞳で見つめて、壮平が告げる。

「ねえいっちゃん、俺がいっちゃんを好きだって言ったら、どうする？」

「え……」

「ちなみに幼なじみとしての好きじゃなくて、恋愛対象としての好きの方で考えてみてくれる？　そんな目で見られるのやっぱり嫌？　俺のこと怖いって思う？」

「ま、待って待って、急にそんなこと聞かれても……」

「深く考えなくていいから、本音で答えてみて」

本音で、と言われたら一弥の答えは決まっている。仮定で聞かれたとわかっていてもやたらと速くなっている鼓動を感じながら、小声で答えた。

「……壮ちゃんだったら、嫌じゃないよ。壮ちゃんを怖いって思うわけない」

「よかった」

本当にほっとしたように息をついた壮平がにこっと笑った。

「じゃあ明かすけど、俺、いままでいっちゃんへの気持ちで冗談言ったことなんかないから。さっきのずっと一緒に、っていうのも本気。どういうことかわかる？　わかんなかったら考えてみて。いっちゃん頭いいんだから」

「……んんん？」

思いがけない出題に首をかしげる。たしかに一弥は天文物理学の最先端にいる千堂准教授のもとで研究できるくらい勉強はできるけれど、人間の感情にはうとい。しかもものすごく軽やかに壮平から爆弾発言を受けてしまって、現在脳内がぐちゃぐちゃに散らかっている。

なんという無茶ぶりを……と思いながらも、出題には取りかかってみる研究者気質が発揮された。

壮平のこれまでの思わせぶりな発言は冗談ではなかった。つまり本心からきていた。あれも、これも、それも。

（んんん……⁉）

おかしい。論理的思考に基づくとどうしてもひとつの答えしか出てこない。でもそれは、とてもじゃないけど信じられない答えだ。いや、学者としては信じられなくても出てきた結果を受け止めるしかないのだが……。

「……壮ちゃんは、僕のことが好き……？」

「正解」

にっこり、拍手される。でもやっぱり信じられない。これは何が起きているんだろう。夢なのか。夢にしては危険なくらいに心臓がバクバク鳴っていて、手や背中に変な汗をかいているけど。

壮平が真顔に戻って、一弥と視線を合わせた。

「大丈夫？　俺のこと怖くなってない？　気持ち悪いとか……」

「だ、大丈夫。怖くないし、気持ち悪くなんかない」

「じゃあ改めて告白するけど」

前置きに喉がひゅっとなった。

どうしよう、信じられないことが起きようとしている。やっぱり夢かも。でも夢なら告白してもらってから目を覚ましたい……なんて脇役にあるまじき欲を抱いたところで、一弥と目を合わせたまま壮平がはっきりと言った。

「俺、いっちゃんが好きなんだ。いつからかなんてわかんない。気づいたら隣にいて、世界でいちばん大事で可愛い存在がいっちゃんで、いっちゃんは俺のだ、ってずっと思ってた」

「……っ」

熱烈な言葉に息の根を止められるかと思ったけれど、生きている。そしてまだ目は覚めていない。現実とは思えないのに、目が覚めないし動悸がひどい。速まる脈、発汗、体温の上昇。全身が活動状態アピールをして目が覚めていると訴える。

「な、なんで……」

やっと出てきたのは疑問のフレーズだけだ。ずっと望まないようにしていたものを目の前に差し出されても、どうして自分がもらえるのかわからない。ふ、と壮平が笑った。

「なんででも好きなんだよね。好きってそういうものじゃない？　理由を挙げてもいいけどそれはいっちゃんの一部っていうか、むしろ挙げたところ以外が好きじゃないみたいになるのがやだなあって思うくらいぜんぶ好き」

「ひぇえ……」

過分な言葉に思わず漏れた声に噴き出される。

「最大級の気持ちを伝えてそんな反応されるの、俺くらいだよね。でもそんないっちゃんもおもしろくて好きだよ」

「……や、やめて、なんかもうオーバーフローする……」

「ええー。じゃあいっちゃんからこっちにフローバックしてみてくんない？」

「へ……？」

「……俺のこと、どう思ってる？」

心臓が止まった気がした。のに、動いている。自分の気持ちがバレたら世界が終わるような気さえしていたのに、いまはなんだか大丈夫な気がしている。——壮平に好きだと言ってもらえて、信じられないようなその言葉をなぜか信じられたからだ。

ずっと脇役だと思っていたし、脇役でいたいと願っていたのに、いざ主役になっていいよと言われたら……壮平の隣に立つことを許されたら、遠慮なんかできなかった。

このひとが自分のものになるのなら、面倒くさいことが今後あったとしても引き受けられる。だって、どうしても手放したくない。

大きく息を吸って、吐いて、もう一度吸ってから、一弥はずっと、ずっと胸の中に押さえつけていた気持ちを解放した。

「好きだよ。壮ちゃんのことが好き。ずっと好きだった」

「……はー……、よかった……」

本当に、本当にほっとしたように壮平が体の底からの安堵のため息をつく。

「俺なら大丈夫、って何度も言ってもらったけど、昔のことがあるからやっぱり不安だったんだよね。けっこうストレートに口説いても冗談扱いされちゃうし、かといって全然脈がない感じでもないしで、俺たちにとってベストな関係ってどういうのだろうってずっと考えてた。俺にとっては恋人がベストだけど、いっちゃんには違うかもって。いっちゃんがいないと生きていけないけど絶対に怖がらせたくないし、徐々に俺がいないと生きていけないいっちゃんにしていくしかないと思ってた……」

最後の最後になんだかちょっと怖いことを呟いた気がしたけれど、それより気になる部分がある。

「その、怖がらせたくないってなに？　壮ちゃんすごい気にしてるっぽいけど……」

「え、そりゃ気にするでしょ。いっちゃんがいまのいっちゃんになった事件だし、怖がらせて嫌われたくないし」

事件といえば、やはり小学三年のときのあれだ。壮平にとって、物心がついたときから恋愛感情かどうかもわからないまま「自分のもの」だと思っていた一弥が他人に害されそうになったというのは大きなショックだったのだという。

「あのときにいっちゃんをちゃんと守れなかったのが俺は本当に悔しくて、二度と危険な目に遭わせたりしないし、絶対に怖い思いもさせないし、万が一のときは俺が守る、って決めたんだ。……俺自身からも」

「壮ちゃんからも……？」

壮平が頷く。

「いっちゃん、あの変態男に襲われたせいで人を……特に大人の男を怖がるようになったよね。さわられるのも苦手になって、人目を引くのを嫌がるようになった。恋愛って相手の関心が自分に向くことじゃん。だからだと思うけど、恋愛そのものと無関係になりたがってたよね」

「……うん」

誰かの関心を引きたくない。一人が安心。こっそり壮平に片想いをしているだけなら誰にも傷つけられないし、自己完結できる。たしかに一弥は心の奥でそう思っていた。

「そういういっちゃんを誰よりも間近で見ているのに、俺がいっちゃんを恋愛対象として好きだなんて言えるわけない。ていうか、俺の気持ちがバレたら怖がられて、嫌われるんじゃないかってずっと不安だった。なのに体はどんどん大きくなっていくし、俺のムスコがまた正直でさー……」

はあ、とため息をついた壮平のムスコさんは、中学生の一弥を朝勃ちでうろたえさせた。あのとき壮平は「このままだといっちゃんで勃つ俺の本心がバレる」と焦り、カムフラージュを兼ねて初めての「彼女」を作った。「彼女」がいる限り、一弥にとって壮平はれっきとした異性愛者――自分に劣情を抱く危険な男ではなく、気心の知れた幼なじみになるはずだから。

一弥を安心させるためだけの「彼女」だから、相手へのこだわりもない。壮平自身の女性受けするビジュアルとキャラクターのおかげで相手にはこと欠かず、初カノ以降、壮平は一弥を好きな気持ちに気づかれないように「彼女」が長く途切れないようにしていたのだという。

カムフラージュのための「彼女」を本気で好きになることはなく、相手もすぐにそのことに気づいた。いくら相手に合わせるようにしていても、恋愛している男としては壮平の態度が冷めていたからだ。

だからフラれて当然だとずっと思っていたし、フラれるとほっとしていた、なんて言う。

「壮ちゃん、ひどいね……」

「うん、自分でもそう思う」

思わず漏れた感想を壮平は神妙に受け入れる。

「でも、壮ちゃんにそんなことさせたのって僕なんだね……」

望んだわけじゃないとはいえ、壮平が「彼女」でカムフラージュをしていたのは一弥を怖がらせずにそばにいるためだ。壮平の元カノたちに申し訳なくてしゅんとすると、「俺がしてたことはひどいけど、いっちゃんは悪くないよ」ときっぱり否定された。

「でも……」

「俺以外に罪があるなら、それはいっちゃんじゃなくてあの変態男だから。あいつに襲われなければいっちゃんは男を怖がることはなかっただろうし、俺だって怖がらせないための小細工とかしなかったし。とにかく、いっちゃんは悪くないから！」

言い切る壮平は、昔から変わらず誰よりも一弥の味方だ。

彼はいつだって一弥以上に一弥をかばい、守ってくれる。だからこそそのとんでもない行動――カムフラージュの「彼女」とか、今日の尾行とか――もあるけれど、そのすべてが一弥のためなのだ。世間的にどう言われようが、呆れたり怒ったりなんてする気にならない。むしろうれしい。

壮平がずっと一弥を気遣い、大事にしてくれたからこそ、いま、一弥は彼のことを恐れることなく自分の気持ちも相手の気持ちも受け入れられるようになっている。なんて気長で、一途な愛情だろう。

ふつふつと湧いてくる気持ちが抑えきれなくて、一弥は顔を覆った。

「どうしよう、なんか、くすぐったい」

「ん……？　どうしたの」

「壮ちゃんのこと、好きだなあって気持ちが湧いてくるのが、くすぐったい」

「……もっかい言って」

「え？　くすぐったくって……？」

「そこじゃなくて。俺のこと好きって」

「な、なんで？」

「ちゃんと聞きたいから」

「さっきも言ったよ」

「あのときは緊張しすぎてて、ちゃんと味わえなかったから。ねえ、もう一回、今度は俺の目を見て言って」

改めて求められたら急に恥ずかしくなった。どぎまぎと目をそらすと、壮平の手が頬に伸びる。

「さわっていい？」

「……うん」

「目、合わせて」

「うう……」

頬に添えられた手で正面を向かされ、視線を求められる。おずおずと目を上げたら、見たことがないくらいに甘い眼差しにぶつかって心臓が止まるかと思った。とっさにそらそうとしたのに頬を包む手に邪魔される。

目を合わせたまま、壮平が低くて甘い声で囁いた。

「大好きだよ、いっちゃん。いっちゃんも、俺のこと……？」

「す、好きだよ」

「もう一声」

「えっ、あ、……っと、だ、大好き、だよ」

「もっといける？」

「ええ……？　もっとって？」

「俺はいっちゃんのこと愛してる。一生一緒にいたい。俺だけのものにしたいし、俺のことももらってほしい。ほかの誰も見ないで、俺だけのいっちゃんでいてほしい」

「うう、そんな次々にどうやったら出てくんの……！」

「心のままに言ってるだけなんだけどなあ。いっちゃんは？」

「……壮ちゃんと同じ」

「手抜き」

ふふ、と壮平が笑う。笑う声も、眼差しも甘くてどうしようもなく気恥ずかしい。顔が熱くて目が潤む。それも恥ずかしくて虚勢を張って言い訳した。

「違いますー、ほんとに同じなだけだもん」

「もんとか言うの、ずるい。可愛い」

「な……っ」

「キスしていい？」

「……っ、どういう流れ……っ」

「やだ？」

まったくもって人の話を聞いていない。いや、聞いているから唇と唇、体と体の距離がどんどんなくなっているのか。吐息が混じって、まともに考えられなくなってしまう。

もう少しで唇同士が触れそうなのに、壮平は最後の距離を詰めない。一弥の返事を待っているのだ。——答えなんて、決まっているのに。

「……や、じゃ、ない」

「よかった」

吐息が唇を撫でた直後に、やわらかく彼の唇が重なる。

（……すごい、壮ちゃんとキスしてる……）

ずっと、ずっと重ねてみたくて、でもできなかったキス。あたたかくて、しっとりと馴染む。重ねているだけなのにやけに気持ちよくて、離れているよりこうしている方が自然な気

がするくらいだ。

なのに離れる。と思ったらまた重なる。羽のように軽く、やさしく、何度も。これも気持ちよくて、緊張で無意識に入っていた体の力が抜けた。しっかりと厚みのある体躯に抱き留められてぴったりと密着する。膝の上に抱き上げられた。

（うれしくて、気持ちいいな……）

うっとりしていたら、壮平の唇がただ重ねる以外の動きを見せ始めた。唇で下唇を挟んで軽く吸ったり、甘く噛んだり、ゆっくりこすりあわせたり。淫らな悪戯にぞくぞくして、声が漏れそうになる。ぎゅっと広い背中のシャツを握りしめたら、ようやく少し顔を離した彼がため息混じりに呟いた。

「はー……いっちゃん可愛い……」

「……なに、いって……」

「ほんとに可愛い。もっとしていい？」

「もっと……？」

「ここ。入りたい。いっちゃんを味わいたい」

ぺろりと唇を舐められる。ここ、つまりは口の中。ディープキスの内容を知識として知ってはいても、実行されることになったら生々しさに鼓動が速くなった。

嫌なわけじゃない。ただ、すごいな、と思うのだ。急所のひとつである舌を相手の口の中に入れてしまうなんて、よほど相手を信じていないとできない。そしてまた、受け入れる側にとってても相手が特別じゃないと受け入れ難いと思う。

（そっか……、だから恋人同士でするんだ）

納得して、一弥はドキドキしながら口を開けた。どのくらい開けたらいいのかわからなくて歯科検診時と同じくらいを目指そうとしていたら、壮平が笑って途中で唇を重ねてくる。ぬるり、と口の中に艶めかしくあたたかなものがすべりこんできて、自分の舌をどこにやったらいいか迷っている間に搦め捕られた。

「んぅ……」

何が起きているのかわからないけれど、なんかすごい。絡めた舌を艶めかしく扱かれ、吸い上げられて、舌先を甘噛みされるとぞくぞくする。より深く口づけられて、口内を余すところなく味わわれるのも気持ちよくて、最初はぶつかる眼鏡が気になっていたのにいつしか存在すら忘れた。

「……いっちゃんの口、やっぱりえっちだよねえ。すごい気持ちいい」

「んっ、ふぁ……っ、ぼく、じゃ、な……っ」

少しだけキスをほどいた壮平のとろりと甘い呟きに、瞳を潤ませて一弥は反論しようとする。でも舌がうまく回らない。いやらしいのは一弥の口じゃなくて壮平の方なのに。

「ほかの粘膜もすげえ楽しみ」

呟いた彼がまた深く口内を犯してくる。困ったことに壮平のキスは気持ちよすぎて逃げられない。離れるのが嫌で自分から口を開けてしまう。

頰にあった手が耳に移る。長くて器用な指先が耳朶を嬲り、熱くなった耳殻をたどり、耳孔までくすぐる。キスの快楽とあいまってぞくぞくしてたまらない。

重なる唇の角度が変わるたびに濡れた音がたつくらいに混じりあい、飲みきれなかった唾液が口の端から溢れて喉を伝うのにも皮膚が粟立った。それでもやめたくなかったのに、少し強引に壮平がキスをほどく。

「……ちょっと中断」

「ふぇ……？」

目が潤んでいるせいで眼鏡をしているのに壮平がぼんやりして見える。色っぽく自らの唇を舐めた彼が、一弥の濡れた唇も舐めた。

くすぐったさに身をすくめた一弥の頭を肩にもたれさせて、髪を撫でてくれながら苦笑混じりに呟く。

「このままだと俺、止まんなくなりそう」

「え……？　あ！」

ごり、と逞しい腰をまたいで座らされていた一弥の脚の間に硬いものを押しつけられて、大きく心臓が跳ねた。ただでさえ濃厚なキスで乱れていた鼓動がさらにひどくなる。

でも、一弥のも同じ状態だった。熱を帯びた腰が密着するのが気持ちよくて、もっとくっつきたい、もっと欲しいと全身がうずいてしまう。

「……お風呂、入る？」

赤くなって誘うと、う、とうめいた壮平が一弥の頭を抱きしめて「入る」と呟いた。そうして、うかがうような声で低く囁く。

「いつものやつじゃなくて、もっとしたいんだけど……、いい？」

「も、もっとって……」

「抱きたい。いっちゃんの中に入りたい。でもいっちゃんが嫌ならしないから、駄目ならはっきり言って」

どこまでも一弥を優先する壮平に、ふわりと胸があたたかくなった。自然な気持ちが口からこぼれる。

「……いいよ」

「ほんとにっ？」

がばっと顔を上げた直後、壮平が心配顔になる。

「俺のために無理してない？」

「してないよ」

「でもいっちゃん、男にそういう目で見られるの嫌じゃない……？」

「壮ちゃんなら大丈夫。……ていうかね、本当のことを言うと僕、壮ちゃんにだけはどんな風にさわられても平気っていうか……、その、いつでも、好きなときに、好きなように僕のことさわってくれて大丈夫だから」

「〜〜〜っ」

告白に壮平が片手で顔を覆う。重なっている下半身がさらに圧力を増した気がして驚いていたら、大きく息をついて彼が顔を上げた。

「とんってもないよね……」

「な、なんか変なこと言った？」

おろおろする一弥に壮平は甘く笑ってかぶりを振り、「恋人として最高の言葉でした」とご褒美のようにキスをくれる。ほかの人を受け入れられない一弥だからこその破壊力だったということに一弥自身は気づかない。

「脱がせていい？」

「いいけど、自分で脱ぐよ？」

お風呂に入るときの脱衣感覚でカーディガンに手をかけたら、大きな手が重なってきて止められた。耳元で囁かれる。

「訂正。俺が脱がせたい。やらせて」

「な、なんで」

「俺以外の人の手でおめかしさせられたいっちゃんって嫌なんだよね。さっきからずっと、その服ぜんぶ脱がせたかった」

「でもぱんつは僕のだよ……？」

「じゃあぱんつは自分で脱いで」

うっかり研究者ならではの細かさで訂正を入れたら、くすりと笑ってまさかの羞恥プレイを命じられてしまった。言うんじゃなかった……と後悔している間にも着々と壮平の手は一弥の新品の服を剝ぎ取ってゆく。

「あの、ちょ、ちょっと待って」

「ごめん待ちたくない」

ほんとごめんね、と言いながら壮平は手際よく一弥の上半身を剝き、ベルトをはずし、下着じゃない方のパンツまでずるりと脱がせてパンイチにする。

「そ、そうちゃん……っ」

真っ赤になりながらもころがって彼に背を向け、不自然に盛り上がってしまっている下着の恥ずかしい部分を両手で隠すと、自分も上を脱いだ壮平がぺろりと唇を舐めてひどく雄っぽい、淫らな笑みを見せた。

「ああ……、先走りで下着が濡れてんの、恥ずかしいんだ？　気にしなくていいよ、俺もおそろいだし」

「……っ」

下衣をくつろげた彼に見せつけられたものに息を呑んだ。

（でっか……！）

これまでのバスルームでは眼鏡をはずしていてぼんやりとしか見えていなかった彼のムスコさんが、それはもうクリアに、生々しくそこに存在していた。下着に包まれていてもサイズがサイズなせいかはみだしていて、本人の言葉どおりに先端が濡れていてすごくいやらしい。思わず凝視してしまう。

「めっちゃ見てくるね。……怖い？」

過去のことから心配してくれてるんだ、と気づいて慌ててかぶりを振った。

「壮ちゃんのだから怖くないよ。さわったことだってあるじゃん」

「うん。いっちゃんにさわってもらえるの、毎回うれしかった」

にこっと笑って壮平が覆いかぶさってくる。自分より大きな体も怖くない。逆にうれしくて、ドキドキして、一弥は体の向きを変えて自ら彼を受け止める。ごり、と下半身の熱が重なりあって、感じやすい器官から広がる快感に息を呑んだ。

「……壮ちゃんの、いつもよりごりごりしてる気がする……」

「ん……そうかも。いっちゃんが俺のものになってくれるのがうれしすぎるせいだと思うけど、キスだけでこんななったの、初めてだよ。……って、いっちゃん？　なんですねた顔になってんの」

壮平の問いで一弥は自分の表情を知る。たしかに胸にもやっとした感じがあって、少し考えたらその理由に思い当たった。

「壮ちゃんがこれまでどんな経験してたかとか、知りたくない……」

言い終わるよりも早く、ぎゅっと抱きしめられていた。

「あー……、いっちゃんに妬いてもらえる日がくるなんて、俺ちょっと泣きそう」

「おおげさだなあ」

苦笑するのに、壮平は真顔で言い返す。

「だっていっちゃん、俺が誰と付き合おうと全然平気そうだったじゃん。別れたって話したら彼女と続くようにアドバイスくれるし、新しい彼女作るように勧めてくるし、選んでって言ったら本当に選んでくれるし。だから俺、いっちゃんにいちばん近いポジションだったらもう一生幼なじみでもいい、そばにいられるならそれで十分って思うようにしてたんだよ」

「……それ、僕も同じこと思ってた」

「うん。両想いだったんならそういうことだよね。あー、失敗した。いっちゃんに怖がられないってわかってたら、もっと早く告白してたし、もっとべったべたに甘やかしてエッチなこともし放題だったのに」

冗談めかしながらも心底残念そうな呟きに目が丸くなる。彼に迷惑をかけないためにも自立せねば、と思うくらい壮平は一弥をでろでろに甘やかしてくれていたし、最後までじゃないものの月に一度以上はエッチなこともしていた。

「あれ以上？」

「あれ以上」

にっこり、断言される。

「……エッチなことはともかく、あれ以上甘やかされたら、僕、何もできない人間になりそうなんだけど」

「それでいいよ。俺がいないとダメな子になったらいいな、って思いながらいっちゃんの世話してきたし」

邪気のなさそうなにっこり笑顔でとんでもないことを言われた。やはりさっきのは聞き間違いじゃなかったのだ。

「口ではちゃんとしなよって言ってても、本当は俺、いっちゃんが勉強以外に興味がないのに安心してたし、こんなに綺麗なのを俺しか知らないって最高だなって思ってたんだよね。家事や人づきあいが苦手なのも可愛いし、俺に頼ってくれるのがめちゃくちゃ愛しいし、正直このままでいてほしい……ていうか、むしろもっと依存してくれたらいいのにって思ってた。だから急に料理習いだしたり、ファッションに気を遣いだしたりしたの、すごいショックだったんだ」

「でも僕が変わりたかったの、壮ちゃんのためだったんだけどな……」

「マジ？」

目を瞬く壮平に一弥は頷く。今回の「変身」の理由を説明したら、聞き終えた彼が一弥の首筋に顔をうずめてため息をついた。

「心配して損した……。いや、損はしてないか。いままでどおりだったら、俺たちの関係はまだ変わってなかったはずだし、こんなことできなかったよね」

ちゅ、と唇に軽いキスをされて、はにかんだ笑みを浮かべて一弥も頷く。もう一度キスした壮平が、眼鏡に手をかけた。

「はずしていい……？」

濃厚なキスをしたい、という意味だと理解したうえで、一弥は頷く。眼鏡がなくなって視界がぼやける。その中で近づいてくる恋人の端整な顔が焦点を結んで、またぼやけたのを機に目を閉じた。

深く唇が重なり、今度は舌が入ってくる。それを喜んで受け入れたら口づけがより深く、濃厚なものになってゆく。

「んっ、んっ、くふ……っ」

勝手に漏れる声は深く重なった壮平の口がぜんぶ飲みこんでくれるけれど、代わりに互いのものを交わらせる動きに合わせて下着の中からぬちゅぬちゅと濡れた音が響いて耳を嬲られた。布地ごしなのがもどかしいのに、いつもと違う感触に興奮を煽られる。

やっとキスをほどいた壮平が上体を起こした。上気した一弥の頬を撫でて甘く囁く。

「ねえいっちゃん、もっとさわっていい？」

「もっと……？」

「ここ とか」

「ひゃん……っ」

軽く胸を撫でられただけなのに、電流のような快感が走って高い声が口から飛び出した。

驚きに目を瞠る間もなく、つんととがっているピンク色の突起を指先で捕らえられてころがされ、じっとしていられない刺激に一弥は身をくねらせる。

「やぁあっ、やっ、なにそれ……っ」

「可愛い声……。ここ、めちゃくちゃ弱いんだ？」

「しら、な……っ」

「うん。さわるの、俺が初めてだもんね？」

こくこく頷くと、とろりと目を細めた壮平が頭を下げて指で弄っていない方の胸の先端に吸いつく。

「あぁあん……っ」

あたたかく濡れた口内の感触は指とはまた違う快感で、とがらせた舌で弾くようにされたり、軽く歯で挟まれたりするのもたまらなかった。両の胸と重なり合った腰から生まれる快感が体の中でひとつになって渦巻き、全身の熱と感度を上げる。

「いっちゃん、ほんとぜんぶ感じやすくて最高……」

胸元から首へと顔を移した壮平が脈打つ場所を甘嚙みしてきて、一気に限界が迫る。訴えようとしたのにまた口づけられて、感じやすい口内まで愛撫(あいぶ)されて、気持ちよすぎて涙が出てきた。

「ふぅう……っ、ぅっふ……っ」

もうイく、と広い背中にすがるように爪をたてたら、絶頂をはぐらかすように動きが緩慢になった。

「んんん……っ」

思わず漏れた不満げな声に、ふ、と重なりあった唇で壮平が笑う。煽る動きに戻ったと思いきや、達しそうになるとまたはぐらかされる。

「そ、ちゃん……っ、なんで、焦らすの……っ？」

ようやく深いキスから逃げた一弥が涙目でにらむと、唇を舐めた壮平が艶めかしく笑った。

「ごめん。いっちゃんが可愛くて」

「意味わかんないぃ……」

「説明する？」

「いらない……っ」

こっちはもうそれどころじゃないのに、と腹立ちさえ覚えるけれど、そういえば壮平はバスルームでの抜きっこでもこういう感じだった。なかなかイこうとしなくて、快楽で一弥がぐずぐずになるのを待っている。

そしてもう、一弥はぐずぐずだった。焦らす理由を聞いても理解不能な回答しか得られないなら、ストレートに訴えるしかないとばかりに濡れた声でねだる。

「も、出したい……」

にこ、と楽しげな笑みが返る。

「いいけど、いいの？」

「？」

「これ、穿いたままだけど」

ごり、とこすりあわされた中心はどちらも下着に包まれている。——いや、壮平のはちょっともう包まれているとは言い難い状態になっているけど。

ぼんやりとした意識でもこのまま出したら恥ずかしいことになる、というのはわかって、一弥は壮平の下で身をよじった。

「あ、やめちゃう？」

残念そうな彼にかぶりを振る。

「……脱ぐ」

「自分で？」

うん、と頷いたら、一弥が脱ぎやすいようにと壮平が腰を浮かせる。その下で最後の一枚を引き下ろそうとしたものの、互いの先走りでじっとりと濡れて張りついてしまった生地、限界まで張りつめている自身に邪魔されてうまく脱げない。

もどかしさに瞳を潤ませて、一弥は壮平を見上げた。

「脱がせて……」

「はー……いっちゃんがエロ可愛すぎて死にそう……」

感じ入った声で呟く壮平の眼差しは、熱っぽいを通り越してもはや獰猛さすら漂わせている。だけど怖くない。

壮平だから。触れている大きな手から愛情が伝わってくるから。ほかの誰でもない、一弥だけを欲しがっているのがわかるから。

「腰、上げて」

力の入らない体でなんとか従うと、深く口づけられると同時にぐいと下着を引き下ろされた。張りつめた自身がウエストゴムに引っかかってしなり、飛び出して跳ね返る甘い衝撃が下腹部に響く。

「ん……っふ！　ん、んぅ……っ」

深く絡められた舌のせいで声は何も言葉にならない。でも、自由だったとしてもあえぎ声以外のまともな言葉は紡げなかっただろう。剝き出しになった感じやすい一弥自身に壮平の熱が直接触れて、絶頂への階段を駆け上がるための愛撫が始まっていたから。

さんざんに焦らされていた一弥の限界はすぐだった。

「んんんっ、んっ、んぅー……ッ」

びくびくと四肢を震わせて達する間も壮平は止まってくれない。

「んっ、んぅっ、ふぅう……っ」

息苦しさと終わらない快感に涙声を漏らして背中に爪をたてたら、やっとキスがほどかれた。濡れた口許を舐めながら、荒く熱い息の合間に壮平が囁く。

「……もうちょっとだけ、付き合って」

その声はずるい。低くかすれた、雄っぽい色気に溢れているのに甘える響きの声。頷くことしかできなくなってしまう。

「そ、ちゃんは……っ、早くイく、練習を……っ、した方が、いいと思う……っ」

さらなる快楽にもみくちゃにされながらも懸命に提案したら、ふ、と彼が笑った。

「一年後のいっちゃんにも同じこと言われたら、考えてみるね。そのときは練習、付き合ってくれるでしょ」

間もなく一弥の意見が変わるだろうと思っている節があることとか、練習の時点で大変な目に遭わされることには気づかず、一弥は甘い声を漏らしながら頷く。——「一年後」も恋人同士でいるのを当たり前のように言った、壮平の言葉がうれしかったから。

壮平が一弥の腹部に熱い白濁をぶちまけるのと同時に、達したあとも嬲られ続けていた一弥の果実もわずかな蜜を吐き出した。

「……いっちゃん、大丈夫？」

「い、いちおう……」

ぜいぜいと肩で息をしながらもなんとか頷く。立て続けにイかされたせいでぐったりしてはいるものの、ちゃんと意識はあるし、特に不調を感じる場所もない。

「じゃあ、まだいける？」

「……はぇ？」

「お風呂、入ろうって言ったじゃん」

「言ったけど……、もう二人とも出したし……。あ、後始末？」

「んー……そうだね、それも含む」

「含む？」

きょとんとする一弥に壮平が苦笑する。

「抱きたいって言ったじゃん」

「あ……！　そっか、そうだったね」

わだかまっていた熱を放ったことでうっかり忘れかけていたけれど、今日は一緒に出して終わりじゃなかった。後始末だけじゃなくて、準備も含むのだ。

「もう疲れちゃった？　次がいい？」

気遣わしげに聞いてくる壮平に、まだ息は乱れたままながらも一弥はかぶりを振る。

「ちょっと疲れたけど、まだ大丈夫。僕も今日、したい」

照れながらもはっきり伝えると、うれしそうに破顔した壮平に抱きしめられた。

さっそくお姫様だっこで移動したのはバスルームだ。成人男子を抱いて運ぶのは大変だろうから遠慮しようとしたものの、一弥の腹部は二人分の白濁でたっぷりと濡れていて身動きがとれない。というか、上機嫌すぎる壮平を止められなかった。

一弥をバスタブの縁に腰かけさせた壮平がシャワーを出し、バスルームに湯気と湿気が充満する間に蹴るようにして下衣を脱いだ。これまではあえて見ないようにしていた裸体だけれど、いまは見たい。見てもいいのがうれしい。

「眼鏡、してきたらよかった……」

ぼやけているのが残念で目をすがめながら呟くと、すぐ近くまで来た彼に頬を包みこんで顔を上げさせられた。大好きな顔がキスできそうなくらい近い。

「この距離でも見えない？」

「……近すぎて焦点を結ばない」

「そっか、これくらい？」

離れようとする壮平の首筋にとっさに腕を回して、引き寄せる。

「見えなくても、壮ちゃんが近い方がいい」

「いっちゃん……！」

感激したように名を呼んだ彼に抱きしめられて、好きな人の体温と感触に興奮と安堵を同時に覚える。

抱き合った体を持ち上げるようにして立たされ、口づけを交わしながら温かなシャワーの雨の中に一緒に入った。二度も達したばかりで感度が上がっているせいか降ってくる温水の粒にうたれるのにも肌がざわめいて、鼓動と息が簡単に乱れる。

ボディソープの香りがして、キスをほどいた壮平が聞いてきた。

「ぜんぶ、さわっていい……？」

洗うじゃなくて、さわる。単語のチョイスが意図することを理解したうえで、一弥は頷いた。

「さっき、壮ちゃんなら好きにさわっていいって言ったよ」

「だったね」

ふふ、とうれしそうに笑った彼の大きな手が遠慮なく肌の上を這い回り始める。ボディソープを纏った手のひらはなめらかに、淫らに、一弥を洗いながら煽ってくる。

「さっきイっといてよかった……。いっちゃんのこんな顔見てたら、絶対暴走してたし」

ちゅ、と上気して染まった頬にキスを落として壮平が呟く。頬から目尻、鼻先へと移動した唇が唇に重なる。

「ん……ふぁっ……ん……っ」

口の中の愛撫に一弥は弱い。立っていられずに大きな体にすがりつくと、こめかみにキスを落とした壮平が一弥の脚の間に自らの長い脚を割り込ませ、支えるふりでさらに刺激してきた。自身にどんどん熱が溜まり、芯が通る。壮平のも同様だ。ずしりと重たい熱に腹部を押されるのにドキドキして、いっそう感じやすくなる。

開かされた脚の間、無防備になった双丘のあわいにぬるりと長い指が忍んできた。びくんと肩が揺れたら、小さな蕾の上をぬるぬるとなぞりながら壮平が眉根を寄せた。

「気持ち悪い……？」

「だい、じょ……っぶ……」

「でも、体、緊張してる」

「それは……っ」

見上げたら、ちょうどいい距離だったみたいであまりぼやけていない端整な顔が見えた。心配そうなのが愛しくて、ほんのちょっぴり腹立たしい。

「ぞくぞくって、なったせいだから……！　お尻でそんなになるのに慣れてなくて、びっくりしただけ！　ぜんぶさわっていいって言ったのに、壮ちゃん心配しすぎ」

叱ったのに、そこじゃない部分に食いつかれた。

「ぞくぞくしたの？　え、ここ、気持ちいいってこと？」

ゆるゆるとなぞる指先に身を震わせながらも素直に頷くと、ぐん、と腹部を押しているものの勢いが増した。急な反応にびっくりする。

「えっ、なんで……っ」

「いっちゃんのここが感じやすいなんて最高だし、楽しみすぎる……。中に指、入れてもいい？」

「だから、いちいち聞かなくていいって……！」

「じゃあつらいときや嫌なときは言って。俺のやりたいことするから」

ぬるぬるとまたそこを撫でて、少しだけ慣れて力を抜けるようになったところで、ぬぷ、とごく浅く指先がそこに入ってきた。ぞくんと力が抜けそうになったのを、恋人の厚い肩を抱きしめて一弥は自分を支える。ぬぷ、ぬぷ、とソープのぬめりを借りた指がそこでゆっくりと浅い抜き差しを繰り返す。ぞくぞくして、息があがる。悪寒に似た感覚が快感なのかはまだわからないけれど、自身は張りつめたまま萎える気配がない。

壮平が見ている。快楽に頬を上気させて、息が乱れているせいで口が閉じられない一弥の顔をガン見しているのが視線の強さでわかった。

以前心配したように一弥の顔を見て萎えるということはないようだけれど、きっと不細工になっているだろうからあまり見られると恥ずかしい。しっかりと厚みのある肩に赤くなった顔をうずめたら、ふ、と頭上で彼が笑った。

「可愛い」

「……可愛いことなんて、してないよ？」

「わかってないのが可愛い。ていうかいっちゃんはもう存在が可愛い。愛しい。好きでたまんない」

「あ、ありがと……ぅん……っ」

ぽんぽん与えられる甘い言葉は慣れない。照れながらもお礼を言いかけたら、ぬぷぷ、と入ってきたものに意識を散らされて声が途切れた。

ソープのぬめりのおかげで痛くはないけれど、異物感と圧迫感がすごい。指一本でこれだなんて、壮平の長大なものを本当に受け入れられるのだろうか……と不安を覚えた矢先、気遣いを含んだ甘い声で呼ばれた。

「いっちゃん」

顔を上げたら、じっと見つめた壮平にやわらかく口づけられる。いちいち聞くな、と言ったから、「大丈夫？」と聞く代わりに壮平は一弥の反応をつぶさに見て、緊張や不安を取り除くための時間や愛撫を与えることにしたのだろう。

（大好き……）

絡みあっている舌のせいで伝えられない言葉を胸の中で呟く。と、その気持ちが体中に広がったようにじわんと指先まで甘く痺れた。体がやわらかくなって、長い指を締めつけていた力もやわらぐ。

気づいた壮平の口内への愛撫がより濃厚になった。一弥の体からさらに力が抜けてきたところで、埋めこんでいた指をゆっくりと抜き差し始める。

「ん……っ、ん、ふぁ……っ」

「……よかった、いっちゃん、気持ちよさそう」

「う、ん……っ」

ほっとしたように呟いた壮平に一弥は頷く。馴染むまで待っていてくれたおかげか、もともとがひどく感じやすいのか、ぬぷぬぷと指を抜き差しされるのが思いのほか気持ちいい。前から得られる明確な快感とは違うけれど、かゆいところを掻いてもらえるような気持ちよさがある。

それがまだ序の口だと知ったのは、中の粘膜を探るように動いていた壮平の指がある一点を捕らえたときだった。

「ひぁあっ、あっ、なにそこ……っ」

「ああ……よかった、見つかった」

前立腺だよ、と教えてくれた壮平の甘い声は満足げで、初めての感覚に動揺している一弥を抱きしめたまま容赦なくそこばかりを刺激してくる。

「ま、まって、そこ、こわい……っ」

口走ったら、ぴたりと壮平の手が止まった。うう、と涙目になったら壮平が慌てて指を引き抜く。

「ごめん、そんなに怖かった？」

「違……っ、そ、じゃ、なくて……っ」

なくなったものを惜しんで抗議するように中がうずく。きゅんきゅんする。

恨みがましい涙目で一弥は恋人を見上げた。

「壮ちゃんのせいで、僕のお尻、変になってる……」

「え……？」

数回目を瞬いた彼が、はっとした。

「え、もしかして、気持ちよすぎて怖いの方？」

頷くと、ぎゅうっと抱きしめられる。首筋に顔をうずめた壮平がうっとりと呟いた。

「ああもうやばい、理性飛びそう……。感じやすいいっちゃん最高、神様ありがとう」

顔を上げた壮平が熱のこもった視線を一弥と合わせて、にっこりする。

「もっともっと気持ちよくしてあげるから、怖がらないでついてきてね？」

壮平は男前だけれど、笑顔にはいつだって年下らしい可愛げがあると思っていた。でも、いまのは違った。

　可愛いふりをした狼が舌なめずりしている笑顔だった。

「あっ、あっ、や、もう、そこやぁ……っ」

「そこってどっち？　前？　お尻？」

「どっちも……っ」

「これ以上したらイく？」

「ん……っ」

　こくこくと頷くのに、恋人の愛撫はゆるまない。ぐちゅぐちゅと淫らな水音をたてて中を指でかき混ぜ、勃ちきった一弥の果実に形のいい唇を寄せる。

「いいよ、イったら次は俺を入れてあげる」

「え……っ、あっ、だめっ、もう出るって、そうちゃっ……っアァー……ッ」

　イきたいけど壮平の口になんて出せない、と必死で我慢しようとしているのに、恋人は吐精を促すように感じやすい果実の先端を吸い上げ、中からも愛撫するように泣きどころを強く刺激してくる。

　びく、びくんとつま先まで震わせて一弥が放ったものを壮平はためらいもなく嚥下した。残滓まで吸い出すようにしてから、ようやく体を起こして満足げに唇を舐める。

「時間おいたけど、三回目のせいか少ないね」

ぐったりとシーツに身を投げ出している姿をうっとり眺めながらそんな感想を述べられたところで、息があがりすぎている一弥は声も出せない。

バスルームで「あんまりイったら最後までもたなくなりそうだから」と絶頂は与えないまま延々と愛撫したあと、完全に自力で立てなくなってしまった一弥を壮平は喜々としてベッドまで抱いて運んだ。さらにベッド上でもすみずみまで味わうように手と口で一弥の体を弄り倒し、たっぷり時間をかけてあらぬところに快楽の味わい方を教えこんだのだ。

おかげでいまや、頭も体もどろどろにとけてしまったようだ。壮平のこと以外何も考えられないし、体に全然力が入らない。

ずるり、とそろえた指を引き抜かれたら、自分でも止めようもなく甘く濡れた声が漏れた。それを恥ずかしいと思う余裕さえなくて、ひくひくと物欲しげにうごめくそこをどうにかしてほしくて壮平に手を伸ばす。

「そうちゃん……」

「うん。ここ、入らせてね」

「ん……」

ヒタリと熱が触れた場所から、ジンとした快感が湧きあがる。もっと奥、もっと気持ちよくなれる場所。そこまできてほしい……と無意識に願ったのと同時に、ずちゅ、と濡れた音と共に少し強引に熱塊が押し入ってきた。

指とは違う、粘膜を灼く熱さをもった圧倒的な質量。内側からの圧迫感がすごくて息がうまくできなくなり、体がこれ以上の侵入を恐れて勝手にこわばる。

「……っ、いっちゃん、息、ちゃんとして。力、抜いて……?」

頬を撫でて、壮平がついばむキスでリラックスさせようとする。凛々しい眉根が寄っているから、彼も締めつけられて痛いのだろう。

指のときはあんなに気持ちよかったのに、質量差でここまで違うなんてちょっとした詐欺に遭った気分だ。苦しい息の合間に一弥は涙目で頼む。

「そうちゃんの、大きすぎ……。ちょっと小さくできない……?」

「無茶言うねえ」

声を出すと体に響いてしまう一弥の弱々しい囁き声に合わせて、壮平も苦笑混じりの囁き声で返す。そうして、やさしい手で汗に湿った髪を撫でてくれながら申し訳なさそうに明かした。

「でもごめん、こんなにガチガチになってんの、初めてだ。いっちゃんの中に入れると思うと、俺のムスコも張りきっちゃってるみたいで」

他人事みたいに言っているけれど、それは壮平の一部であるムスコさんだ。とはいえ自分の意思でどうこうできないのもわかるから眉が下がる。

「それはうれしいけど……、このままだと、もう入らない気がする……。えっと、気がまぎれることを考えてみたら？」

「目の前に裸のいっちゃんがいるのに、ほかのことなんか考えらんないよ」

「そこをなんとか……！　目を閉じて、好きなサッカー選手を順に挙げてみたらどう？」

自分は円周率の暗唱をしていたけれど、彼ならサッカー関係がいいだろうと思って提案してみたら、「わかった」と素直に目を閉じた。ぶつぶつと口の中で好きな選手を挙げてゆく。

額に汗を滴らせながらも我慢してくれている壮平の表情がものすごく色っぽくて、見とれながら一弥も意識的に深い呼吸を繰り返し、体の力を抜こうとする。違和感のある場所の状態に意識を向けたら、ふいに目の前の……大好きな人の体が本当に自分の中に入ってきているんだ、と実感して、胸がじんわりと熱くなった。

（あ、楽になってきたかも……）

それが彼のムスコさんがほどよく落ち着いたせいなのか、じっと動かずにいてくれたことで内壁が馴染んだせいなのかはわからない。体のこわばりがとれると圧迫感による苦しさが減り、途中まで埋めこまれた熱塊の様子がつぶさに感じられるようになる。……どうしたことか、自分のものではない脈に合わせて快感の萌芽(ほうが)まで感じる。

呟きを止めた壮平が、ふ、と息をついた。

「いっちゃんの中、やわらかくなってきた……」

「ほんと……？　わかるんだ？」

「うん。ていうか目、開けていい？　先っぽ気持ちよくて、このままだと記憶が変なふうに結びついて好きな選手たちの名前で勃つようになりそう」

恋人がそんな変態になったら残念すぎる。了承したら、目を開けた壮平と視線が絡んだ。にこ、と彼が笑う。

「ちゃんといっちゃんの記憶と結びついた。……もっと奥まで、いってもいい？」

「……ん、大丈夫だと思う。もうあんまり苦しくないし」

「ゆっくりするね」

うん、と頷くと、言葉どおりにゆっくりと彼が侵入を再開した。

「あ、あ……っ？　なん、か……っ、へん……」

ぬかるんだ隘路を圧し広げながら、じっくりと粘膜こすりあげてゆく熱にジンジンと体が内側から痺れるような感じがする。さっき感じた快感の萌芽が育ち、全身に巡ってゆくような予感。

「あ……もしかして、気持ちよくなってきた？」

「た、ぶん……」

「よかった」

心底ほっとしたように呟いた壮平が侵入の仕方を変えた。

先に見つけておいた内壁の弱い場所を熱の先端で刺激するようにしながら抜き差しを繰り返して、徐々に深く入ってくる。ずちゅ、ぬちゅ、と壮平の動きに合わせてあらぬところから濡れた音がたって、耳からも犯される。

大きさに驚き、こわばっていた体の緊張が完全にほどけてしまうと、たっぷり時間をかけて施された「準備」が効力を発揮した。最初の痛みが嘘のように内壁が彼の長大なものになつき、逃がすまいと絡みつきながら腰からとけそうな快楽を生むようになる。

「はぁあ……っ、あっ、あッ、ん、そうちゃん、そこ、だめぇ……っ」

「ほんとにダメ？　いっちゃん、すっごい気持ちよさそうなのに」

がっちりと両脚を抱えこんだ壮平にずんずんと腰を送りこまれて、閉じられない口から甘く濡れた声がひっきりなしにこぼれてしまう。

こんな声をあげていたら口で何を言おうと信じてもらえないのは仕方ないし、そうでなくても一弥の中心はすっかり張りつめて突かれるたびに先端から透明な蜜を漏らしている。中だけで快感を得ている証拠だ。

「奥が好き？　ここ、突くとぴゅってなるよね」

「やっ、やぁあんっ、だめってば……っ、もれちゃう……っ」

「うん、いっぱい濡れてる。射精してないのにすごいね」

とろとろに濡れた一弥の果実の先端をぬるりと撫でた壮平が、濡れた指を口許に持ってい

って見せつけるようにして色っぽく舐める。恥ずかしさと気持ちよさでしゃくりあげてしまうと、うっとりと目を細めてのしかかってきた。

「あー……エロ可愛いいっちゃん最高……、ほんと大好き……」

声は甘いのに、眼差しも愛情に溢れているのに、熟れきった内壁を蹂躙（じゅうりん）する動きに容赦はない。遠慮なく一弥を貪（むさぼ）り、とめどなく悦楽を与えて、どこまでも溺（おぼ）れさせる。

中だけではまだ達することができないのに、壮平は前を全然さわってくれない。体内にわだかまってゆく熱と高濃度の快感はもう苦しいくらいだけれど、それを与えているのが壮平だとわかっているから逃げたいとは思わない。でも終わりがないのはつらくて、もっと気持ちよくなれば極められる気がして一弥は自らも動いてしまう。

それが壮平をますます喜ばせて、甘美な責め苦を長引かせてしまうことになるなんて気づきもせずに。

「そうちゃん、すき……っ、だいすき……」

甘い嬌声（きょうせい）の合間に胸から溢れる気持ちが言葉になったら、壮平が逞しい体をこわばらせて、ぐうっと体内の熱塊がサイズを増した。その圧迫感ももう気持ちいいばかりで、一弥は背をしならせてあえぐ。

「すご……、おく、いっぱい……っ」

「ン……、奥、好きだもんね。これで突いてあげたら、中だけでイける？」

「わか……ない……っ」

「やってみよっか」

最奥を抉るように激しく突き上げられて、止めようもない嬌声が口からこぼれて目の前で星が散る。だけど、イけない。こんなに気持ちいいのに達することができない苦しさに泣いて、一弥は恋人にねだる。

「まえ、さわって……っ、そうちゃんが、してぇ……っ」

「じゃあ、あとちょっとだけ我慢して」

「な……って……?」

もうまともに言葉を紡げない一弥の問いをちゃんと理解して、玉の汗を滴らせた壮平が艶めかしくも獰猛な笑みを見せる。

「いっちゃんのなか、気持ちよすぎるからギリギリまで味わいたい。俺ももうイきそうだから、一緒に、ね」

口調は可愛いようで、可愛くない。それなのにときめいてしまった一弥はうっかり頷いた。

結果、絶頂間際の状態でさらに苛まれる。

「あー……っ、あぁあっん、も、むり……っ、むり、しんじゃう……っ」

「大丈夫、あと、三回でイこう、ね」

泣き濡れた頬や目尻を舐めながら、息を乱した壮平が予告する。あと三回も突かれたら本当に気持ちよすぎて死ぬ、と思ったけれど、惚れた身は弱い。最後まで付き合うのを受け入れてしまう。

大きなストロークで突き上げられた三回目、濡れそぼった自身に長い指を絡められた瞬間にすべてが決壊した。絶頂に襲われながら最奥を熱い飛沫で濡らされる感覚もたまらなく気持ちよくて、一弥の意識は真っ白に塗りつぶされてゆく。

「……大好きだよ、いっちゃん」

抱きしめられながら聞いた、とろけるような甘い声は夢かうつつかもうわからない。

僕も、と言葉では答えられなかったけれど、これだけ体を張ったことで実証できていたらいいな、と途切れる記憶の寸前に一弥は願った。

【6】

研究室のパソコンで入力作業をしていたら、明るい声と共にドアが開いた。

「ちわーっす、『アトリエ　麦』でーす」

デリバリーに来た米原くんだ。

「いらっしゃい」と東西南北の眼鏡たち全員で声をかけると、「ども」と人なつこい笑みと共に返した彼が珍しいことに千堂准教授のもとに直行せず、一弥のところにやってきた。

少し身をかがめて、耳打ちするように囁かれる。

「うまくいったみたいですね」

「え」

ぼさぼさの長い前髪、さらにその奥のダサい眼鏡の奥で目を瞬いている間に、ごそごそとバッグを探った米原くんがなにやら差し出す。促されて手を出したら、ころんと個包装ののど飴を載せられた。

「これ、けっこうききますよ」

「あ、ありがとう……」

東西南北の合唱状態でも一弥の喉ががさがさになっているのを聞き分けていたなんて、さすがは米原神だ。しかも冬じゃないのにのど飴を常備しているなんてすごい。

（そういえば米原くん、連休明けによく声がかすれてるもんなあ……。喉が弱いのかな）

なんて思う一弥は、よもや自分と同じ原因——絶倫すぎる恋人のせいなどとは思いもよらない。

さっそくのど飴を口に入れようとして、一弥はコーヒーを淹れに行こうとしている米原くんを慌てて呼び止めた。

「あ、あの、これ……っ。お礼にって、壮ちゃ……いや、あの、友達が……！　この前はありがとうって」

「あーはいはい、特別なお友達、ですよね。おめでとうございます」

何もかもわかっている口調でさらっと祝福までしてくれた米原くんが、一弥が差し出した紙袋を受け取り、さっそく中身をチェックする。

「お、『卯月』の焼き菓子セットじゃないすか。ここの美味いですよね〜」

「なになに？　何が美味しいって？」

食いついたのはぽっちゃり眼鏡こと東原だ。週末の木星ちゃんとのデートは大成功だったそうで、今日の彼は幸せではちきれそうなあまりニコニコ丸い顔はいつも以上に丸く、でれでれと目尻が下がりきっていて丸眼鏡の端からとけだす勢い、おたふくさんも顔負けの福々しさである。

　長年の片想いが成就したばかりの一弥も浮かれているし、これまでの反動のように恋人に求められて土日連続で濃厚な時間をすごしたせいで声や体に影響が出ているけれど、よりわかりやすく浮かれている東原のおかげで出来たてほやほやの『彼氏』の存在にはまったく気づかれていない。がさがさの声については「風邪ひいたの？」と心配されたけれど、よもや一弥が東原以上のスピードで恋愛絡みの展開をこの週末で迎えていたなんて誰も——米原神を除く——思うまい。

　米原くんは一弥と壮平からの貢ぎ物を食いしん坊眼鏡・東原に見せびらかしつつ、からかう口調で釘を刺した。

「あげませんよ。これ、南野さんたちからお礼にってもらったんですから」

「何のお礼？」

　きょとんと問う東原に他意はないとわかっていても、なんとなく焦って一弥は米原くんより先に答えた。

「ふ、服を……っ、見立ててもらったから！　先週末！」

「ああ、そういえばそうだったね……って、南野くん、あんまり変わってなくない？」

　東原の指摘は正しい。

本日の一弥の装いは普段とほとんど変わらない、顔を半分以上隠している長い前髪アンド眼鏡、第一ボタンまでしっかり留めただぶっとしたシルエットのチェックのシャツ、履き慣れたスニーカー。唯一、パンツだけが今日は細身だ。

「や、なんか……、お洒落な服って落ち着かなくて、ちょっとずつ取り入れていこうかな、と……」

「お友達の感じからして、あのまんまのコーディネートで着ることはもうないんじゃないですか？」

にやっと笑っての指摘に、さすが神はなんでもお見通しだな……と感心しながら頷く。

「せっかく選んでもらったのにごめんね」

「いいっすよ、べつに俺は何も損してないですし。不和の原因になる方がごめんです」

さっぱりと言ってくれるあたりが米原くんらしい。

ちなみに一弥の今後のファッションは、基本はこれまでどおりで、ＴＰＯに合わせたお洒落をしたいときには壮平の手を借りるということで落ち着いた。

もともと一弥はファッションに興味がなく、変身したいと思ったのも壮平に恥をかかせないためだ。けれども壮平は「そのままのいっちゃんでいいよ」なんて甘やかすばかりか、ちゃんとお洒落した一弥は綺麗すぎて全人類の心を奪ってしまうから心配で外に出せなくなる、などと彼の視力が心配になることを真顔で言ってのけたのだ。

壮平の視力はさておき、一弥としても本心ではいまの格好が落ち着くし、しなくていいお洒落ならしない方が気が楽だ。服に大金を注ぎこむよりは研究関係か好きな人――いわゆる推しという名の恋人――に使いたいし。

恋人に課金したいというのは壮平も同じ気持ちだそうで、今後、おめかし用の服は壮平がコーディネートしてプレゼントしてくれるとのことだった。

ちなみに壮平セレクトファッションによるお出かけの第一回は今月、彼の誕生日に実行される予定になっている。

「一緒に買い物に行って服を見立てるところからやりたい」という彼は、「俺の手でピカピカ仕様にしたいっちゃんを見せびらかしながらデートして、夜に乱すところまで堪能できるなんて最高だよね」なんて言っていたけれど、見せびらかしてもらえるほどのものにはならないはずだから心配だ。というか、誕生日当日に祝われる本人から服をプレゼントしてもらうのは本末転倒な気がする。

(でも壮ちゃん、僕が米原くんに頼ったのけっこう根にもってたからなあ)

料理も服も、「努力してくれたのはうれしいけどどうせなら俺に頼ってほしかったし、俺が教えたかった」と複雑そうな顔ですねていたのだ。そう思うと、素直に甘えさせてもらった方がいいのかもしれない。

服のお礼も兼ねてせめて夜はめちゃくちゃ頑張ろう……と内心で決意を固めている一弥の

横で、東原が自己嫌悪の表情で頭を抱えた。

「なんてことだ、俺も米原くんにはめちゃくちゃお世話になっていたのにお礼なんて思いつきもしなかった……！　ごめん米原くん、これだから俺ってやつは……！」

「え、べつにいいっすよ」

「よくないよ！　こんなに立派な眼鏡男子にしてもらったばかりかデートコースまで指南してもらったのに、本当に俺ってやつは……っ」

「東原くん、落ち着いて。僕も自分で菓子折りを思いついたわけじゃなくて、壮ちゃ……友達が用意してくれたのを渡しただけだから……！」

土下座しようとする東原を西田と一緒になって慌てて止めようとしていたら、「あれっ」と西田が戸惑いの声をあげた。

ひょろりと背が高い彼を見上げると、細い目をしぱしぱさせながら半信半疑の口調で聞かれる。

「南野くん、彼女できた？」

「へ」

「キスマークだよね、それ……。その、けっこうがっつり、いっぱいついてる……」

気まずそうにしながらも彼がうなじのあたりを指さす。

「……っ」

ばっと首のうしろを手で隠したところでいまさらだし、抑えようもなく全身が熱くなって染まる。もはや反応による証拠だ。

(壮ちゃんってば……!)

胸や内腿には大量につけられていたけれど、見えるところは遠慮してくれたのだとばかり思っていた。いや、位置的には一弥より背が高い人が近くで見下ろして初めて気づくところではある――とはいえ想定外すぎる状況に頭が真っ白だ。

真っ赤になって固まっていたら、動揺した様子ながらも西田と東原が「そ、そっかあ、南野くんも大人の階段を登ったんだね」「いつの間に俺より進んじゃったんだよ～!」と赤い顔でコメントする。

なんとも気恥ずかしい微妙な空気が研究室に満ちた矢先。

「うわあああああ!」

アフロ眼鏡こと北島が、もこもこのアフロをかきむしるようにして悲嘆の声をあげた。

「よもや、よもや南野氏までもが裏切るとはぁ……っ!」

「う、裏切ったわけでは……っ」

彼女じゃなくて彼氏だし、と言いそうになったけれどすんでのところで口を閉じる。

そもそも北島が求めているものが「恋人」であるならば性別は問題じゃない。相思相愛の相手がいる時点で非モテ連合を裏切ったことになるのかも。いやでも壮平が恋人になってくれたのは「蓼食う虫も好き好き」的な奇跡だ。つまり一弥は物好きな壮平に見出してもらったただけであって決してモテているわけではないし……とぐるぐるしている間もアフロ北島の悲嘆は続く。

アフロ地蔵のご乱心をどうやって鎮めたら……とおろおろ東西眼鏡たちと目を見合わせている間に、騒ぎをまったく気にせずコーヒーを淹れに行っていた米原くんが戻ってきて准教授を現実世界に呼び戻した。そうして。

「……何かあったのか」

眉根を寄せた千堂先生——我らが尊敬する天才博士が現世に降臨する。

低い呟きが響いた瞬間、ぴたりとアフロ北島の狂乱は収まった。千堂先生の深遠なる思考を邪魔する騒ぎを起こすなど恐れ多い、という発想は同じモブとして一弥にもよくわかる。あと、普段無表情な千堂先生の眉根を寄せてしまった恐怖も。

「取り乱してすみませんでした。もう大丈夫です」

「うん」

ぴしりと姿勢を正しての北島の詫びに、さして興味なさそうに准教授が頷く。さっそく米原くんに意識を集中して、本日のランチ・カスクートの説明を受けながらコーヒーをすすった。

なんという幕切れ……と若干の同情がこもった眼差しで一弥たちから見守られる中で、大きく息をついたアフロ北島が眼鏡の位置を直し、決意に満ちた様子で顔を上げた。

「そうだ、恋愛ごときにうつつを抜かしている場合ではなかった。人生の貴重な時間をロスする危険がないことこそ僥倖、ぼかぁ研究に生きる！」

「え、本当に？　彼女の友達が北島くんのこと合コンのときから本当は気に入ってたらしくて、会いたいって言ってたけど……」

「ありがとう心の友よ！」

ガシッと西田を抱きしめた北島に、幸せな出会いがありますように、と東原と一緒に一弥はアフロ地蔵を拝んでおいた。

「へえ～、じゃあ東西南北全員が恋人持ちになる日も近そうだね。そしたら俺も安心だ」

夕方、待ち合わせて合流し、夕飯の買い出しのためにスーパーに寄った壮平が一弥の話を聞いてにっこりする。

「安心？」

「いっちゃんに横恋慕される心配が研究室内ではなくなるじゃん」

「僕なんかを壮ちゃんみたいに好きになってくれる人なんていないないよ」

「わかってないなあ」

苦笑されてしまうけれど、わかってないのは壮平だ。天文物理学に関しては多少知識があっても尊敬する准教授に比べたらミジンコ同然だし、そのほかは平凡そのものの自分に興味をもつ人なんていない。

それなのに心配性な恋人にとって一弥の周りは危険に満ちているらしい。だからこそ首筋にキスマーク——俺のものだ、というマーキングをわざと残していたのだ。

「壮ちゃん、よっぽど昔のことがトラウマなんだねえ。僕の方が乗り越えてる気がする」

「んー……そうだね、そういうことでいいや」

「あ、なんか含みのある言い方。そういう引き下がり方されたら逆に気になるじゃん」

「だっていっちゃん、自分の魅力に全然自覚がないからさー」

「僕に魅力があるっていう壮ちゃんの前提がまずおかしいんだって」

「ほら、平行線。だからこの話はもうおしまい。ね？　俺にとっていっちゃんは世界一魅力的で可愛くて綺麗で愛しい人なんだからさ」

「～～～～っ、ずるい！」

「なにが」

「甘い言葉がぽんぽん出てくるのが！　僕も言いたいけどなかなか出てこないのに」

「え、そっち？」

笑う壮平が持つカゴに一弥はふくれっつらで彼の好きなスナック菓子を入れる。くすりと笑った壮平がコーナーを移動して、一弥の好きなチョコレートを挟んだクッキーを入れた。

「そういうことするし……！」

「先にしたのはいっちゃんだよ」

上機嫌に返して、すねた顔をなだめるように軽く一弥の頬を指の背で撫でた。もうさわる前の断りは入れない。

「甘い言葉は無理して言わなくていいよ。そのぶんいっちゃんの言葉はひとつひとつに重みがあるから」

「でも、僕ばっかりドキドキさせられてる……」

「なに言ってんの、そんなこと言ういっちゃんに俺こそドキドキさせられてばっかだよ」

「じゃあ、やっぱり一緒に住むのやめた方がよくない？」

「なんで」

かぶり気味に聞いてきた壮平はにっこりしていても声音に圧がある。これがちょっぴり機嫌を損ねてしまったときのものだというのはなんとなくわかるようになった。

好きな人には機嫌よくいてほしいけれど、長生きもしてほしい。

「二人とも心臓に負担がかかってるの、よくないよ」

「大丈夫、幸せな気分でいる方が長生きするっていうじゃん。心臓も頑張ってくれるって」

「だといいけど……」

こんな心配をしているのは、壮平の希望で近々同棲する予定になったからだ。

想いを通じあって以来、恋人は遠回りしていた時間を取り戻したいとばかりにいろんな計画を立てて着々と進めている。フットワークが軽くて気がきく壮平は仕事ができるタイプだろうなと思ってはいたけれど、予想以上だった。今週末には一緒に引っ越し先の物件を見に行く予定になっている。

「俺としては心臓の負担より一緒にいられる時間が少しでも長い方をとるし、二人でいる人生を堪能するためにも長生きする気だし、いっちゃん以外と結婚する気もないから、無駄な抵抗はやめようね？」

「……うん。末永くよろしく」

はにかみながらも頼むと、壮平がくしゃりと髪を撫でるふりで長い前髪をかき分け、視線を合わせた。

「全面的にお任せください」

にっこり、いい笑顔で引き受けられて、胸から溢れる幸せに一弥はきらめくような笑みをこぼした。

恋人愛玩ループ

ぐっすりと眠っている恋人の南野一弥の顔を眺めて、本郷壮平はしみじみと幸せに浸る。

いつもは隠されているなめらかな白い額、形のいい眉、その下にあるのはうっすらと静脈が透けて見えるまぶたと扇形に広がる繊細な長いまつげ。すっと通った細い鼻に、ゆうべのキスの名残でふっくらとはれて赤く染まった果実のような唇。すべてがバランスよく配置されているその顔は、眠っていても美しい。

これほどの美しさを本人は自覚していなくて、しかも周りに隠している。それなのに自分にだけは無防備に見せてくれるのがたまらなく愛おしくて、真珠貝が自ら硬い殻を開けて宝石を差し出してくれているような優越感と感動を覚える。

壮平にとって一弥は、物心がつく前から自覚すらできないほど当たり前に特別だった。綺麗で可愛くてやさしくておもしろい、一緒にいるのが当然の、半身のような存在。

半身だからこそ、ひとつになるのがあんなにも気持ちいいのだろうか。

(ゆうべのいっちゃんも最高だったなあ……)

恋人はいつだって最高だけれど、ゆうべは壮平の誕生日だからと積極的に頑張ってくれて最高オブ最高だった。思い出すだけでうっかりまた愚息が元気になりそうになる。

でも、いましばらくは我慢だ。さんざんあえがせて泣かせてイかせたせいで、腕の中で眠る恋人は見るからに疲れ果てている。その姿もまた色気があってそそられるものの、インドア一直線で生きてきた一弥は壮平とは基礎体力が違う。しっかり休ませてあげないと倒れてしまうかもしれないし、どうせなら元気な一弥と存分に愛しあいたい。

（ていうか、おまえがそんな元気野郎だったなんて俺も初めて知ったんだけど）

内心で話しかけた相手（？）は愚息である。

これまではなかなかやる気を出してくれず、特にここ数年はバスルームで一弥の手の中でしか吐精していない。

一弥が「壮ちゃんは次々彼女を作っている」と思っているのをカムフラージュのために否定せずにいたけれど、マッチングアプリの相手とは食事や遊びを一緒にしていただけで性的な意味では付き合っていなかった。そもそもアプリを使っていたのもそういう条件に合う相手を選べたからだ。

大学生になって間もなく、急な雨でずぶ濡れになった日に一弥と一緒に風呂を使い、成り行きで抜き合うことができて以来、愚息は我が儘になった。最後までできないにしろ一弥と触れ合えるならほかはいらない、と。

女性たちから積極的なアプローチを受けてもまったくその気になれないせいで不能疑惑を抱かれたことまであるのに、一弥が相手だと全然違う。

不能どころかめちゃくちゃやる気に満ちていて、ちょっと落ち着けよ、と自分で自分のムスコに呆れるほどだ。飽きるほど抱いたらそのうち落ち着くんだろうか、と思うものの、たぶん飽きることがない。

（毎回がっつり抱かせてもらってんのに、ますます欲しくなる一方だもんなあ）

バスルームでの抜き合いのとき、出すのを我慢すればするほど好きな子の色っぽい姿を見ていられる、そう気づいた壮平は可能な限り終わりを長引かせるようになった。

それが思わぬトレーニング、もしくは癖になってしまったようで、恋人同士になったいまでもつい終わりを長引かせ、ぐずぐずのめろめろになった一弥が快楽で泣きながら自分に縋りついてイきっぱなしになるまで堪能してしまう。

体力差と体格差を思うまでもなく、受け入れる側の一弥は大変だ。それなのに恋人はいつも限界を超えて付き合ってくれる。愛しい。大好きだ。

「いつもありがとう、いっちゃん」

さらさらと髪を撫でながら囁くと、「んぅ……」と小さく甘い声をあげた一弥が壮平の裸の胸に頬を寄せてきた。無意識に甘える仕草が可愛すぎてどうにかなりそうだけれど、大きく息をついて自分を落ち着かせる。

恋人特権をフルに活用していまは遠慮なく手をかけているから、一弥の髪も肌も日々艶を増している。もさもさスタイルでも魅力が漏れ出ていそうで心配になるけど、いざというときには自力でその身を守れるのを知っているし、恋人が一途に自分だけを好きでいてくれたのも教えてもらったから心配しすぎない……ようにしている。

それに、来月の一弥の誕生日にはキスマーク以上にわかりやすいものでマーキングさせてもらう予定だ。

（そうだ、サイズ測っとかないと）

起こさないようにそっとベッドサイドに腕を伸ばし、用意しておいた紐で一弥の左手薬指のサイズを調べた。これで準備ＯＫ、リクエストされていた本の誕生日プレゼントに、壮平的には本命の品——ペアリングを「おまけ」としてつけられる。

（いっちゃんのことだから「おまけ、値段的に逆じゃない？」ってプレゼントの序列の方にびっくりしそうだけど）

反応を想像するだけでにやっとしてしまう。

「おまけ」自体はすんなり受け入れてくれるだろう。ただ、値段を気にして「自分のぶんは自分で払うよ」と言う可能性はある。

（そこは先に社会人になった彼氏として、俺が払わせてもらいますけどね）

言いくるめるための材料は昨日の誕生日プレゼントとして一弥からもらっている。

ベッドから見える位置にかけてある、めちゃくちゃ格好いいスカジャンだ。

服が好きだからこそ壮平にはあれがかなりいい品なのがわかるし、自分の服にはこだわらない一弥がどれほど思い切ってくれたのかが察せられて、値段以上にその気持ちがうれしかった。こういってはなんだけれど一弥らしからぬいいセンスで、ばっちり好みにもハマっている。大事に着よう。

（あの店でいっちゃんがあれを「千堂先生」に着せてやっているのを見たときには、一瞬袖を引きちぎってやりたい気分になったけどね）

これまでなんでも話してくれ、壮平に甘やかされていてくれた一弥が自分に内緒でどんどん変わってゆくことに、あのころは言いようのない不安と焦りを覚えていた。

だからこそ一弥を変えようとしている人物をこの目で見て、どういう関係性にあるのか確認するべく生まれて初めての尾行をしたのだけれど、「リア充の神のような学部生」と「神のように崇めている准教授」と聞いていたのに想定外の二人組が現れて戸惑った。

いや、たしかに一人は一弥が描写したとおりの大学生だったのだが、もう一人が芸能人顔負けのとんでもない美男だったのだ。

准教授というからにはそう高齢じゃないと予測していてもよかったのに、それまでに一弥から聞いていた印象から「出世にまったく興味のない、研究だけが生き甲斐の浮世離れしたおじいさん先生」のようなイメージを無意識に抱いていた。おかげでその超美形が研究オタク准教授と結びつかず、嘘をつかれたのかと思って動揺した。

しかも一弥は、その美形のジャケットの着脱を新妻さながらに手伝ったのだ。

うっかり不穏な気配が出てしまったせいか千堂に気づかれたものの、その場はなんとか見つからずにすんだ。不審者は不審な動きと気配があるからあやしまれるのであって、堂々と近くの店で買い物していたら案外バレない。

でも、駅ビルに移動したあとに人にさわられるのが苦手な一弥が千堂に対しては無防備になって、頭がぶつかりそうな距離で一緒にスマホをのぞきこんでいるのを見たらもう駄目だった。その距離は壮平にだけ許されているはずのものだったから。

気づいたら一弥を呼び、動いていた。——杞憂(きゆう)だったのはすぐに判明したけれど、あんなに衝動的に動いたのは子どものころに一弥を襲う変質者に向かっていったとき以来だ。

(いっちゃんだけは、絶対に、誰にも、ほんの少しだって譲れないんだよなあ)

だからこそ普段の一弥がもさもさなのも愛おしい。秘められた宝物が自分だけのものであることに喜びを覚えこそすれ、一緒にいて恥ずかしいなんて思ったことなどない。

とはいえ、本人がＴＰＯに合った格好をしたいというのなら協力するのもやぶさかではない。昨日はホテルディナーのために一弥を変身させたのだけれど、その美しさに改めて惚(ほ)れ直した。それなのに一弥ときたら集まる視線のすべてが壮平に向けられているものだと思いこんで、「壮ちゃん、ほんとモテるよねえ」とちょっとすねた顔なんか見せてくれるものだから、愛おしすぎてどうしようかと思った。

ゆうべの幸せを反芻(はんすう)していたら、一弥の長いまつげが小さく震えた。そろそろ目を覚ましそうだ。

壮平は一弥が目を覚ます瞬間が好きで、いつも見つめてしまう。

ゆっくりとまつげが上がると、美しく澄んだ黒い瞳が現れる。目が悪い一弥の瞳はいつも潤みがちで、焦点が合わずにぼんやりしているのも色っぽい。それが、壮平の顔を見つけるとすぐに焦点を結び、寝顔を見られていたことに気づいて少し恥ずかしそうに笑うのだ。最高に可愛い。

「おはよう、いっちゃん」

「おはよ……」

「喉、つらそうだね。あったかいのと冷たいの、どっちがいい？」

「あったかいの……」

「オーケー、ちょっと待っててね」

唇に軽くキスして、壮平はガウンを羽織って恋人のために甘い紅茶を淹れる。いいホテルは非日常感がロマンティックだけれど、荒れた喉をケアしてあげるための飲み物をすぐに出してあげられないのが難点だ。

自分用のペットボトルのミネラルウォーターと香り高い紅茶を手にベッドに戻り、抱き起こした一弥を胸にもたれさせてカップを渡した。

ふうふうと息を湯気に吹きかける唇が色っぽくてキスしたくなるけれど、水分補給の邪魔はできないから乱れた髪を手櫛で梳いてほぐしてやる。

されるがままで目を細めて紅茶を飲んだ一弥が、ほうっと息をついた。喉が渇いていたようで残りは僅かだ。

「まだ飲む？」

「ん……、壮ちゃんのちょうだい」

「俺のって……水？　それともミルク？」

「馬っ鹿……！」

「あ、すごい。自分で言っといてなんだけど、いっちゃんにこの下ネタが通じるとは思わなかった。これまでのお勉強の成果かなー」

「馬鹿！」

真っ赤になった一弥が振り返りざま肘で腹を押してきたけれど、そんな顔で、そんな語彙力で叱られたところで可愛いばかりだ。

腕の中から逃げようとしている一弥を笑って引き戻して、ペットボトルの蓋を開ける。

「こっち向いて」

「え、あ……っんく……」

口移しであげると、最初は驚いたようだったけれどすぐに体の力を抜いた。二人で分け合いながら何度も水を飲み、キスをする。

そのうち水を飲む時間よりキスの時間が長くなってきた。口の中が弱い恋人の息が乱れ、瞳がとろりと潤んできたら冗談が本気になってしまう。

「……俺の、ほんとに飲む？」

淫らな誘いに真っ赤になりながらもこくんと頷いた恋人に、さっきまで自制を強いられていた愚息が一気にやる気を漲らせた。するりと細い腰の前に手を回して、自分と同じようになっている恋人の果実を包みこむ。

「いっちゃんのも飲ませて」

「それはやだ」

思いがけない即答に「なんで」と顔をのぞきこむと、瞳を伏せた一弥がぼそぼそと理由を説明する。

「……舐めてもらってイくときって、壮ちゃんのが、僕の中にいないじゃん……」

「〜〜〜〜っ」

ちょっとこれはもうどうしたらいいのか。素でこんなことを言ってしまう恋人は心臓と股間に悪い。

「はー……、いっちゃんがエロ可愛くて危険で最高すぎる……。ねえいっちゃん、いまの、もう一回言って？　めっちゃ煽られた」

「や、やだよ。自分でもすごい恥ずかしいこと言ったーって思ったもん！」

「そう言わずに、ね？」

「いやですー」

「言ってよ、一弥」

顔を隠してじたばたするのを抱きしめて耳元で恋人っぽさを意識した呼び方をしたら、びくっとした一弥が固まった。おや、これは……と期待した矢先、上体をひねってこっちを向いた恋人が不安げに眉を寄せていてぎょっとする。

「その呼び方、いやだ……」

「えっ、あっ、ごめんいっちゃん！」

反射的な謝罪に、うん、と頷いた一弥が戸惑った顔になる。

「お姉ちゃんたちには呼び捨てられてるのに、なんでかな……。前に米原(よねはら)くんたちに説明するときに呼び捨てられたのもドキッとしたんだけど、これ、嫌なドキッなんだよね。なんか壮ちゃんが、壮ちゃんじゃないみたいで……」

「ずっといっちゃんって呼んでたからかもねえ。不安にさせてごめんね」

「ううん、こっちこそごめん。変なこと言って」

「全然変じゃないよ。ていうか、俺もいっちゃんに突然『壮平』って呼び捨てられたらびっくりするし。……うん、なんか他人行儀になるっていうか、寂しいかも。これってあれだ、いつも『ミーシャ』って呼ばれてたのに正式名の『ミハイル』に改められた感じ？」

「急に格式高くなった……！」

「ロシア語って本名と愛称のイメージギャップがすごいよね」

「サーシャはアレクサンドルだし？　たしかに美少年とイケメンくらい違うよね」

「そうなると俺は『壮平』って呼ばれるべき……？　呼び捨て寂しいのになあ」

「複雑なイケメン心だ」

ふざけて笑いあったあと、知りたがりの恋人がツッコミを入れてきた。

「なんで急に呼び方変えたの？」

「……なんとなく、って言っても納得してくれない気がするから白状すると、俺、昨日誕生日だったじゃん？　約一カ月間だけとはいえいっちゃんと同い年になるし、二十六歳らしく少し大人っぽく攻めてみようかな、と」

「……ごめん、台なしにして」

「いいよ。いっちゃんにとって俺が安心できる存在っていう方が、格好つけるよりずっと大事」

さらさらと黒髪を撫でながら当たり前のことを言ったら、間近にある綺麗な瞳がとけるように潤んだ。ぎゅっと抱きつかれる。

「壮ちゃん大好き……！」

「うん、俺もいっちゃんのこと大好きだよ」

恋人の愛らしさに幸せに笑いながら抱きしめ返す。くっつき足りないといわんばかりにぐりぐりと肩に頭を押しつけていた一弥が、ふいに真剣な目を上げた。

「たまにだったら……、壮ちゃんの顔がちゃんと見える距離だったら、呼び捨てにしてもいいよ。何度も呼ばれてたらそのうち慣れると思うし」

ふ、と唇がほころんでしまう。

「いっちゃんは俺のこと甘やかしてくれるよねえ」

「……？　僕の方が壮ちゃんに甘やかされてばかりだと思うけど」

「自覚がないところも最高に可愛い。愛してるよ」

ぎゅうっと抱きしめてベッドに押し倒し、「ぼ、僕も……っ」と頑張って愛の言葉を返してくれようとしている唇を声ごとキスでもらう。

一弥は昔からなんだかんだで壮平に甘い。雨の夜の抱き枕だって、何の疑問も抱かず――むしろ壮平の心配をしてずっと受け入れてくれていた。

（襲われた本人でもない俺が、いつまでも立ち直れていないわけがないのにね）

実際のところ、壮平は最初から雨を怖がってなんかいなかった。誰にも渡したくない宝物のような一弥が心配で、守りたくて、そばにいたかっただけだ。

いつか気づくだろうか。それとも今度雨が降ったときに打ち明けてみようか。

いずれにしろ、真実を知った一弥はびっくりしたあとで「壮ちゃんが傷つけられてなかったんだったらよかった」とほっとしたように笑うだろう。

もう本当に、やさしくて可愛くて愛おしい、自分だけの宝物。

ずっと大事にするからね、と心に誓って、壮平は腕の中の恋人を愛することに集中した。

あとがき

こんにちは。または初めまして。間之あまのでございます。

このたびは拙著『幼なじみ甘やかしロジック』をお手に取ってくださり、ありがとうございます。こちらは通算二十四冊目のご本となっております。

今作は既刊『ダメ博士とそばかすくん』（一弥が尊敬する「神と神」のお話です・笑）に登場していた教え子集団・眼鏡ズの一員でありながら、名前すら出ていなかった一弥くんが主人公です。当時から構想はあったのですが、書くかどうか迷っていたのであえて名前や外見描写を出していませんでした。それくらい見事な脇役っぷりですので、既刊を未読でも全然問題なく読んでいただけます。初めましての方もご安心くださいね（ニコリ）。

ちなみに今作の執筆を迷っていたのは個人的な理由です。でも、担当さんが「読みたい」と言ってくださり、シリーズでお世話になっている花小蒔朔衣先生がイラストをお引き受けくださったとのことで、思い切って書かせていただきました。

「邪道の王道（?）」をゆく恋物語、個人的にはこういう子たちも大好きなので、好みの合う方に楽しんでいただけたらうれしいです。合わない方はどうか第六感等で察知してお互いの幸せのためにも避けてくださいね（祈）。

イラストは、今回も幸せなことに花小蒔朔衣先生に描いていただけました♪

花小蒔先生はどのキャラクターもどのシーンも本当にイメージぴったりに、背景や小物に至るまで素敵に描いてくださるので、ご一緒できるときはいつも安心で幸せです。

一弥の見事なもさもさっぷり、最高ですよね♪　髪を上げたら美人&色っぽい！　壮平も大型わんこ感のある男前で「これぞ壮ちゃん」です！　幼少期も格好いい……！　構図を工夫して博士と実里くんもまた描いていただけてうれしいです。ほくほく♪

今回も楽しくて贅沢なラフを含め、すみずみまで素晴らしいイラストを本当にありがとうございました。カラーもディテールまで丁寧で素敵で、ずっと見ていたくなります。

今作では壮平が出版社の営業さんということで、担当のF様経由で本業のN様に取材させていただいたのですが、質問メールへのお返事がお早いうえに丁寧で明快、派生する疑問のフォローまで完璧で感動しました……！　お仕事シーンはあまり書けなかったのですが、とても参考になって助かりました。N様、お忙しい中本当にありがとうございました。

頼りになる担当のF様をはじめ、今回も多くの方々のご協力と、たくさんの幸運のおかげでこのお話をこういう形でお届けすることができました。ありがたいことです。

読んでくださった方が、明るくて幸せな気分になったらいいなあと思っております。

楽しんでいただけますように。

秋桜の季節に　　間之あまの

✦初出　幼なじみ甘やかしロジック……………書き下ろし
恋人愛玩ループ…………………………書き下ろし

間之あまの先生、花小蒔朔衣先生へのお便り、本作品に関するご意見、ご感想などは
〒151-0051 東京都渋谷区千駄ヶ谷 4-9-7
幻冬舎コミックス　ルチル文庫「幼なじみ甘やかしロジック」係まで。

幻冬舎ルチル文庫

幼なじみ甘やかしロジック

2020年10月20日　第1刷発行

✦著者	間之 あまの　まの あまの
✦発行人	石原正康
✦発行元	株式会社 幻冬舎コミックス 〒151-0051 東京都渋谷区千駄ヶ谷 4-9-7 電話 03(5411)6431[編集]
✦発売元	株式会社 幻冬舎 〒151-0051 東京都渋谷区千駄ヶ谷 4-9-7 電話 03(5411)6222[営業] 振替 00120-8-767643
✦印刷・製本所	中央精版印刷株式会社

✦検印廃止

ISBN978-4-344-84748-4　C0193　Printed in Japan